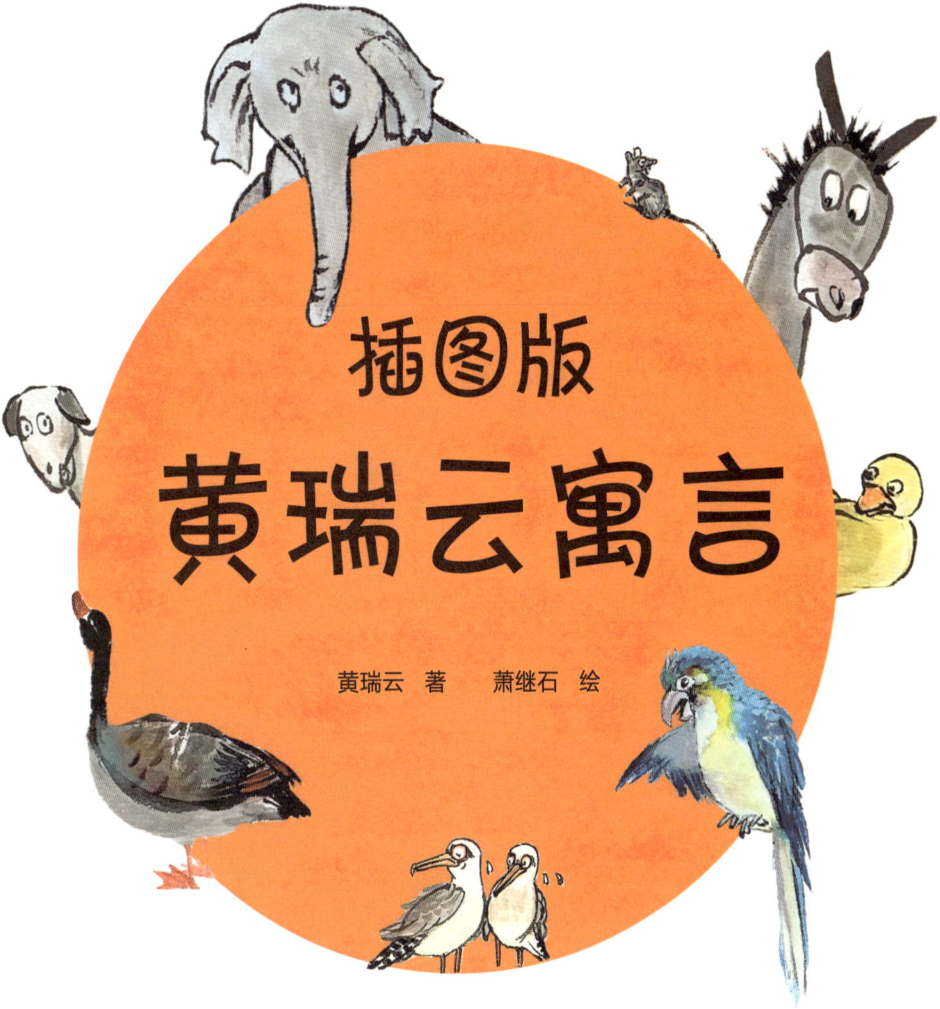

插图版

黄瑞云寓言

黄瑞云 著　　萧继石 绘

宁波出版社
NINGBO PUBLISHING HOUSE

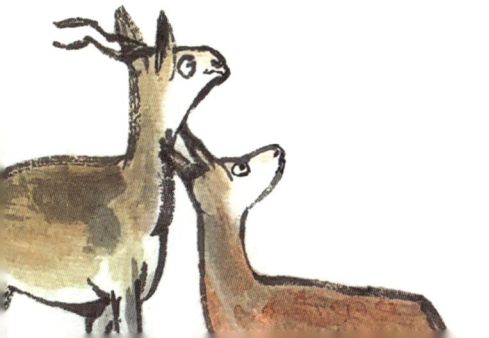

目 录

野　花	001
雁　警	002
中国花瓶	005
两头猎狗赶狼	007
狐狸维持的秩序	009
鹿和狗	011
老骆驼	012
不驯的老虎和驯服的驴子	013
犀牛和野猪	014
狼的公道	016
野兔和家兔	017
动物的形象	020
野牛和石狮像	022
陶罐和铁罐	023
齐天大圣庙里的猴子	026
雁和乌鸦	027
水牛和公鸡	030
狼和老虎的结盟	033

彼得洛夫的录音器	035
神　马	037
摩亚的命运	038
两只信鸽	040
灰斑和白额	042
司　命	044
会叫的猫	045
莺哥爱好者	046
拉·封丹和伊索	048
黄鼠狼论声誉	049
落进网里的鹰	050
中国的鹰	052
不相称的伙伴	053
玉米地里的欢宴	055
佩带金质奖章的信鸽	058
老驴子和它的主人	059
钩子上的狮王	061
到归元寺落户的老鼠	063
上街溜达的兔子	064
老蚂蚁的哀叹	066
水亭上的蛀虫会议	067
亚力山大大帝过访伊索的园子	068
蝉儿和蚱蜢	070

驴子和羊	072
海鸥与家鸭	073
诺曼底海边的海鸥	076
鹦鹉的诀窍	078
魔　椅	080
神与鬼	081
傀儡的哲学	082
新任森林之王	083
绞线风筝	084
机器人浮士德	085
天鹅与乌鸦	087
猫岛的悲剧	088
大卫背上的伤痕	090
旅鼠的庆筵	092
羊　虎	093
鹰的儿子	095
海湾的鸟	097
骆驼的自信	099
伽利略平反以后	100
普罗米修斯的哀伤	102
百字碑	104
神像被白蚁蛀蚀以后	106
聪明的猴子	107

世纪的交接	108
蝗　岛	110
被释放的猴子	111
诸神的祝愿	113
人和公驴	114
冰人之死	116
春天岛	118
森林公园的故事	120
兔子哲学的终点	122
塞万提斯的逸闻	123
创造吉尼斯纪录的猴子	124
渡越塔里木沙漠	126
上帝和人	128
猴子窥井	129
人与恐龙	130
青蛙世界	131
真理的雕像	132
猴子军团	133
主权新论	135
科尔纳草原	136
两堵柏林墙	138
猴　捕	140
狗　奴	142

老黄牛斗倒了豹子……144

皇帝龙舞……145

唐古拉山的石佛……147

斗　鸡……148

伊索与库普罗斯……149

大树雕成的神像……150

变过老虎的牛……152

两只猴子到寺庙进香……154

斑　驴……156

保护濒危动物……158

复活节岛……160

从狼到狗……163

乌鸦斗士……165

野 花

野花开在道路旁,人们甚至不知道她们的名字。她们在东风里招展,放出沁人的芳香,给行路的人们送来盎然的春意。人们车来马去,漫不经心地在她们上面走过,她们毫无怨色,仍旧欣欣向荣地开着。

天真的姑娘来了,她叫道:"美丽的鲜花啊,你们为什么要开在道路边,开到安静的山谷里去该有多好?"

野花说:"姑娘,你为什么同情我们呢?"

"看到你们我很愉快,我爱你们,你们遭到践踏我很难过。"姑娘回答。

"这就够了,谢谢你!"野花说,"只要过路的人们看了能感到愉快,我们就要开在这里,即使被践踏也在所不惜。"

雁　警

雁群降落在湖中的沙洲上露宿，一只孤雁为大伙担任警戒。长途的飞行，雁们都很疲劳，倒下来就睡觉了，只有孤雁警惕地注视着四周，守卫着雁群的安全。

突然，远处亮出了一个明亮的火炬，雁警立即大叫："醒醒，醒醒！火光！醒醒，醒醒！火光！"

雁群从睡梦中惊醒，整个湖洲骚动起来。然而火光却无踪无影了。忠诚的雁警怎么也说不清火光为什么又突然消失了。

一阵骚动过后，湖洲又安静下来，旅行者们再度进入睡乡。只有尽职的雁警依然警卫在它们的身旁。

火炬又突然出现，而且是几个，离得更近了，它们高擎在两只船上，火光下看得见晃动的人影。

"醒来，醒来！有人！醒来，醒来！有人！"孤雁又大声呼喊。

雁群再次被惊醒，骚动得更加厉害。然而火光又神秘地消失了。

疲倦的雁们以为雁警捉弄它们，它们发怒了。"欺骗！""胡闹！""啄死它！""把它赶走！"雁们吼着，啄它。

雁警尽一切力量逃出重围,羽毛被啄得凋零不堪。

骚动的湖洲再一次恢复平静。孤雁仍坚守在它的岗位上。

短时间的平静过后,熊熊的火炬顷刻之间冒出在雁群营地的四周,持着猎枪的猎雁者站在船上,雁群被包

围了。一切都清楚了：火光的忽现忽没是猎雁者布置的疑阵，出现之后又熄灭是为了麻痹雁群，并使上当的雁们不再信任孤雁的警报。

"起来起来！快飞！起来起来！快飞！"雁警尽一切力量呼喊。

沉睡的雁群毫无感觉。猎枪对着互相枕藉的大雁猛烈开火，雁群遭受了浩劫。许多雁来不及醒来就被击毙，折颈断翅尚未死去的雁们徒劳地挣扎在沙洲上，发出凄惨的鸣叫。火光熊熊地照亮着交织着狂欢与惨叫的战场。

猎雁者大获全胜，或死或伤的雁全都被装进了他们的网兜。

胜利者收拾战场离去以后，钻进了芦苇的雁警走出来。现在，只有它一只孤雁，面对着黑暗凄清的沙洲悲伤地啜泣。

"太委屈你了，"同情的芦苇安慰它说，"我们知道你是尽到了自己的责任的。"

"我受点委屈无关紧要，"悲哀的雁警说，"最大的痛苦在于，我清醒地看到了灾祸的来临，却无力使我的群体免于毁灭的命运。"

中国花瓶

1860年冬天,一艘从中国返航的英国军舰在大西洋上沉没。舰上有上千名英国士兵及其装备和大量从圆明园掠夺来的珍宝,一只景德镇产的花瓶也在里面,全都沉入深深的海底。

花瓶和一支伯明翰造的步枪靠得很近。这支步枪从来对花瓶不怀好意,这时候却以悲哀的口吻说道:"朋友,现在我们都遭受了不幸,不久都会毁灭,还有什么宿怨不能和解的,来吧,让我们亲近一点,总可以减少海底的寂寞!"

"不!"花瓶说道,"同归于尽并不能泯灭正义与邪恶的界线。我不会原谅你们,哪怕葬身海底也罢!"

"你傲慢什么!"这支英国步枪说,"不要忘记,我毕竟是胜利者,而你不过是我的俘虏。历史将永远记得我的声音,而谁会知道一只默默无闻的花瓶呢!"

花瓶回答说:"历史记得的将是你们的罪恶,可绝不是什么荣耀。而我将坚持一只中国花瓶的操守,不管命运对我做怎样的安排。"

它们的争执随着年光的消逝而寂灭。

花瓶无限忧伤地躺在深深的海底,两千米深的海水在它的身上压着,无数历史的风涛在它的上头翻卷。它看不到天日,见不到光明,四边是死一般的幽暗。深海里可怕的水族居民偶尔来拜访这艘倒霉的舰艇,可花瓶和它们也没有共同的语言。

一百多年过去了,那些侵略者的尸骨荡灭无余,那艘不可一世的军舰也锈蚀殆尽,它身边那支自以为是的步枪也早已化为乌有。小花瓶却独自在幽深莫测的海底做着悠长的梦:它梦见春天的阳光从长城上面直射下来照到它的身上,它似乎感觉到暖和的春意;它梦见怀抱里的水仙又开满了生意盎然的花朵,放出沁人心脾的清香;它梦见蜂蝶在院子里热烈地喧闹,中国的大地上铺满了春光……

终于有一天花瓶被捞起来了。一位考古学家洗掉它身上的淤泥,把它高高地举起,惊讶地说:"真是奇迹!它在海里沉埋了多少年了,和它一道沉没的许多东西都已化作了烂泥,它却没有任何的变化,连身上的图画都像昨天画的一样,这是何等精美的质地呀!"

小花瓶兴奋地说:"这没有任何的神秘,仅仅因为我是一只中国的花瓶,所以具有中国的质地。"

两头猎狗赶狼

狼衔走了一只鸡。两头狗闻声而起,一头从上面,一头从下方,迅速向狼猛扑过去。狼跑了一阵,见势头不妙,被迫丢下鸡子,仓皇逃窜。

敌人已经逃跑,战斗胜利结束,剩下的问题是鸡子应该归谁。两头狗都不相让,很快对咬起来,黑狗掀翻了麻狗,麻狗翻过身又扑倒黑狗。两下里翻跌滚扑,远离了道路,滚下了山坡。这场对咬付出了比赶狼大得多的力气。

其实狼并没有走多远,它觑得两头狗咬得难解难分,便蹿了出来,又把鸡子衔走了。留下的是两头狗的失望,它们相互咬破的伤口流着血。

——胜利之后如果自家不能团结,敌人的侵略意图就可能得逞。

狐狸维持的秩序

狐狸从鸡鸭棚里拖出一只鸡子,躲在酸枣树下吃。

酸枣树上的喜鹊看到了,责问道:"大天白日残害生灵,该当何罪?"

"什么残害生灵!"狐狸喝道,"我要执行我的使命,对任何危害社会秩序的东西进行惩罚。这些东西一个夏天都在池塘里游个没完,把整个池塘的水都弄脏了,使得我们大家都没有干净的水喝。"

喜鹊说:"就算弄脏了池塘是一个错误,但游水的是鸭子,你怎么抓鸡,鸡什么时候弄脏了池塘呢?"

"抓鸡怎么样!"狐狸争辩说,"鸡的危害更大。每天天还未亮它就大声号叫,闹得大家不得安宁,难道鸡不更应该受到惩罚吗!"

喜鹊说:"如果鸡啼打搅了你的安宁,啼的也是公鸡,可你抓的是一只母鸡呀!"

"母鸡还坏些!"狐狸说,"它生那么多蛋,孵那么多鸡娃,你没看到,它引着一大群鸡娃,咯咯咯,咯咯咯,在地里糟踏了那么多庄稼!"

"真有意思,"喜鹊说,"狐狸先生维护社会的秩序,还关心地里的庄稼!但你抓的这只母鸡还很小,它还没有下过蛋呢!"

"胡说!"狐狸怒道,"它现在没有下蛋,难道它永远不下蛋!反正它迟早会下蛋,会孵鸡娃,我能容许它吗?什么有意思没意思,你不必在树上吱吱喳喳,吱吱喳喳,有意见到我面前来光明正大地提吧!"

喜鹊知道狐狸的"光明正大"是什么意思,它没有下来。

——"恶人要干坏事,总是可以找到它的理由的。"

鹿和狗

鹿被有猎狗作为帮凶的猎人捕获了,当它被关在临时的鹿圈里时,猎狗又是它当然的监守者。

时间久了,这对并不同类的动物也攀谈起来。

猎狗问鹿说:"照你看,我们俩哪一个更有价值?"

鹿说:"那首先得弄清楚用什么标准,没有标准是无法评判的啊!"

"当然是对我们主人的用处而言。"

"那肯定你最有价值,对你的主人,我是根本谈不上有什么价值的。"

猎狗狡猾地一笑,说:"其实,你和我的价值是相等的——你给主人提供了一份鹿脯,我则帮助他得到这份鹿脯,我们发挥的作用是不相上下的。"

"你太谦虚了!"鹿立即回答说,"请你别忘了,到末了,你还会给主人提供一锅狗肉汤!"

老骆驼

当老骆驼穿越塔里木沙漠到达罗布泊旁的草原上休息的时候,老在草原上转的黄羊都围了拢来。

黄羊们说:"老骆驼,你跑得并不比我们快,蹦得也不比我们高,塔里木沙漠望不到边,你是怎么走过来的呢?"

"那很简单,"老骆驼说,"只要认定一个目标,一步一步地走就成了。"

不驯的老虎和驯服的驴子

老虎被猎人包围了。它经过顽强的搏战,终未能逃脱猎枪的子弹,被打倒了,受了致命的重伤。它被抛在车子上,由驴子拖着走。

看着还在流血的老虎,驴子可怜它了。"啊!"驴子叹息着说,"桀骜不驯总是没有好处的。如果你不是这么凶猛,不至于落到这样的下场。太可悲了!要是也像我一样老老实实该有多好!"

那即将断气的老虎听了,说道:"走吧!别啰唆!战死也无非是死。我并不羡慕你。你以为自己活得多有滋味,每天套上车轭,被人们左一鞭子,右一鞭子,打得遍体伤痕,没完没了地赶路,而最终也不过是赶到驴马的屠宰场!"

犀牛和野猪

犀牛向造物主诉苦说:"我们的生存受到威胁,我们生活的原野都被野猪占去了。本来对付野猪我们是绰绰有余的,但是人们不断剿杀我们,却纵容野猪的发展。我们面临灭亡的绝境,而野猪却大量繁殖。如果你不拯救我们,我们很快就会灭绝,我们的家园不久就会成为野猪的世界。"

造物主说:"你知道你们遭受屠杀而野猪却得到繁殖的原因吗?"

"不知道。"犀牛说。

造物主告诉它们:"并不是人们特别憎恨你们而喜欢野猪。仅仅是因为你们有极其珍贵的角和相当有用的皮,所以人们要猎取你们。野猪呢,它们没什么角,皮也没有多大用处,只有一对令人害怕的獠牙,人们对它们没什么兴趣,所以它们就大量繁殖起来了。"

"有什么办法改善我们的境遇,使我们不遭受灭亡的厄运吗?"犀牛恳求说。

"办法当然有,"造物主说,"我可以给你们拔掉犀角,剥掉皮甲,并在嘴里装上獠牙,将你们大体变成野猪的样子,你们就会同野猪一样得到生存了。"

"让我们毁灭吧!"犀牛说,"如果要把我们变得像野猪一样,世界上有野猪就够了,何必还要我们犀牛存在呢!"

狼的公道

狼抓到了一只兔子，准备吃掉。

兔子抗议说："你为什么这样横暴？你们狼老欺负我们兔子，我们兔子可从来没有欺负过狼呀。这太不公道了！"

"这有什么？"狼说，"我无非是找点吃的嘛，难道你们什么也不吃？"

兔子说："我们只吃点儿青草，可从来没有吃过狼呀！"

"嗬嗬！"狼大叫起来，"难道青草就该你们吃的？你还谈什么公道，你们吃了那么多青草，可青草什么时候吃过一只兔子？我吃掉你，正是为了给青草报仇。这不算公道，还有什么算公道？"

为了主持公道，狼便把兔子吃掉了。

野兔和家兔

一只野兔走到圈养家兔的院子旁边,隔着篱笆和家兔们共话平生。

"你住的地方也有这儿舒适吗?"家兔问。

"没有,"野兔说,"我那里尽是一些崎岖的山地。"

"下雨了你们怎么办?"

"我们躲在洞里,那些洞是我们自己打的。"

"吃的呢?"

"我们吃野草。"

"那儿安全吗?"

"一点也不。老虎、豺狼都威胁我们,甚至连黄鼠狼也欺负我们。"

家兔很同情它。"跟我们住在一起吧!"家兔说,"我们这儿安全,吃鲜嫩的青菜,住宽敞的屋子,没有谁欺负我们。作为兔子,我们是够幸福的!你也来吧,你只要从篱笆缝里钻进来就行了。"

野兔听从了家兔的劝告,它钻进院子,挤进了家兔的行列。

但是,住了三天,野兔告诉它的朋友们:"我要离开!"

"为什么?"家兔们吃惊地问。

"这儿虽然舒适,"野兔说,"但太狭窄,我不习惯。还有,人们经常提起我的耳朵来看,这太难受了。"

"这有什么!"家兔说,"院子不是够宽敞吗?至于耳朵嘛,如果不让人们提一提要这么长干什么?你在那荒凉的山野里到处奔波,受风雨的侵袭,猛兽的威胁,有什么值得珍惜的呢?"

"确实,"野兔说,"那儿一切都很艰难,但是那儿天地广阔。再见吧,朋友们!"

动物的形象

当野牛统治山林的时候,狐狸先生发表题为《论动物的形象》的论文说:"动物的形象,最美莫过于头上有两只角。两只锐利的角,既是战斗的武器,又是威严的象征。"

狐狸因这篇论文得到了学士学位。

后来象王爷取代野牛占有山林,狐狸学士又在论文中写道:"本学士最近发现,动物最具丰仪的形象,最好是具有一管灵活的鼻子和两只大刀利剑似的长牙,如果身体拙重一点更具有王者的风度。"

狐狸由这篇新作被晋升为硕士。

曾几何时,老虎做了山林之王。狐狸硕士在它同一题目的新著中论述说:"经过多年的研究,我断定,牛角象牙都未免粗野。动物最为庄严的形象,应该具有浑圆的脑袋,锐利的目光,额上耸有'王'字横纹作为尊贵的标志,以锋牙利爪作为战斗的武器,那才是真正的伟大动物的风度。"

这篇新作很得虎大王的赏识,狐狸也就被晋升为博士。

梅花鹿问狐狸道:"尊敬的博士先生,您的理论无疑是极为精湛的。不过,我觉得您的观点,前后似乎有所不同?"

"当然,"狐狸博士解释说,"一切事物都是发展变化的,理论是客观事物的反映,既没有停滞不前的事物,也没有一成不变的理论。"

"太正确了。"梅花鹿说,"我还想请教一下,在您从事研究的这段时期里,动物的形象发生了什么样的变化,使您有必要修正自己的理论?"

"笨蛋!"狐狸喝道,"难道你没有看到谁坐在山林之王的宝座上!"

野牛和石狮像

一群野牛在山林里横行。它们在山顶上发现了一尊巨大的石狮像。是一块自然的象形石，还是哪位雕塑大师的杰作，谁也不知道。野牛们来到那高大雄伟的石狮像下，感到它们自身猥琐而又渺小，嫉妒使得它们十分难受。

一头野牛大叫："伙计们，冲上去！我们抵翻它！"

野牛们一拥而上，奋力向石狮像抵去。抵了半天，那石狮像岿然不动。野牛们角的基部都震出血来，石狮却一点皮也没有擦伤。

野牛们震怒了。一头野牛叫道："抵它不动，我们爬上去，把屎尿拉在它身上，让它污秽不堪！"

野牛们一头一头爬上去，在石狮像上撒满了屎尿。但没过多久，一场大雨将石狮洗得干干净净，它依然屹立，光辉不减。

它本身过得硬，就不怕那些畜牲攻击，即使在它身上撒满屎尿也无损于它的威仪。

陶罐和铁罐

国王的御厨里有两只罐子：一只是陶的，一只是铁的。骄傲的铁罐看不起陶罐，常常奚落它。

"你敢碰我吗？陶罐子！"铁罐傲慢地问。

"不敢，铁罐兄弟。"谦虚的陶罐回答说。

"我就知道你不敢，懦怯的东西！"铁罐摆出一副轻蔑的神气。

"我确实不敢碰你，但不能叫作懦怯。"陶罐不卑不亢地说，"我们的任务是盛东西，并不是来互相碰撞的。在完成我们的本职任务方面，我不见得就比你差。再说……"

"住嘴！"铁罐愤怒地喝道，"你怎敢和我相提并论！你等着吧，要不了几天，你就会破成碎片，完蛋了！我却永远在这里，什么也不害怕。"

"何必这样说呢，"陶罐说，"我们还是和睦相处好，吵什么呢！"

"和你在一起我感到羞耻，你算什么东西！"铁罐说，"我们走着瞧吧，总有一天，你要变成碎片的！"陶罐不再理会。

时间不断地向前推移，世界上发生了许多事情，王朝覆灭了，宫殿倒塌了。两只罐子被遗落在废墟里。历史在它们的上面积满了尘土，一个世纪连着一个世纪。

不知过了多少年月。终于有一天，人们来到这里，掘开厚厚的堆积，发现了那只陶罐。

"哟，这里头有一只罐子！"一个人惊讶地说。

"真的，一只陶罐！"其他的人也跟着高兴地叫起来。

大家把陶罐捧起,把它身上的泥土刷掉,洗擦干净,和当年在御厨的时候完全一样:朴素、美观、釉黑锃亮。

"一只多美的陶罐!"一个人说,"小心点,千万别把它弄破了,这是古代的东西,很有价值的。"

"谢谢你们!"陶罐兴奋地说,"我的兄弟铁罐就在我的旁边,请你们把它掘出来吧,它一定闷得够受了。"

人们立即动手,翻来覆去,把土都掘遍了。但,一点铁罐的影子也没有。它,不知在什么年代便氧化了。人们只发现几块锈蚀不堪的铁片,而且不能断定是否铁罐的残余。

——用自己的强点去比人家的弱点是不应该的,人家也会有比你强的地方。

齐天大圣庙里的猴子

两界山据说曾经镇压过齐天大圣孙悟空，后来孙悟空成了正果，人们就在这里建了个齐天大圣庙，香火极为旺盛。

一只猴子窥破了齐天大圣庙的秘密，它偷偷地钻进神橱。把大圣的泥塑偶像搬开，自己坐在上面，接受人们的香火，把他们供奉的糕果吃个够。

猴子时常溜了出来，把人们虔诚的表白和恳切的祈求当作笑柄告诉它的同伴们。

"你敢长期待下去吗？"它的同伴问。

"怎么不敢，"这只猴子说，"你要知道，泥塑的齐天大圣并不比我高明，那不过是一尊泥巴猴子像，而我可是一只真正的猴子呀！"

"人们常常在山里捕捉我们，可他们却心甘乐意向你磕头，这事真不可理解。"

"这有什么！"这位冒充的齐天大圣说，"人有这样一种特性，只要谁坐在神的宝座上，他们就对谁膜拜，管它是什么东西。"

雁和乌鸦

一只孤雁落在荒野里,又冷又饿,它想找点东西充饥。但荒野几乎什么也没有。它找来找去,翻出一只死老鼠,发臭了的。对这家伙它感到恶心,但实在太饿了,它试着啄一啄。刚刚拨动一下,忽然从四周飞来许多乌鸦。

"吓!"一只乌鸦大叫道,"什么东西,偷我们的死老鼠!"

"你是哪儿来的?"

"你竟敢来做贼!"

"你把死老鼠藏到哪儿去了?"

乌鸦们把雁包围起来,质问不休。

"别急!"雁说,"我刚来,并不想要你们的东西,这死老鼠你们尽可以衔去,我歇一歇,明天一早就走。"

"废话!"一只乌鸦说,"把藏起的死老鼠通通交出来!"

"我确实没有藏。"雁说。

"没有藏,那你到这儿来干什么?"

"我是路过,歇一歇就要走的。"雁解释说。

"骗子!你想到这儿来占地盘,这是我们的天下!"

"别误会,"雁说,"我要这地盘干什么,我不过稍微歇一下。你们不同意,我就走。"

"听它瞎夸!"一只乌鸦说,"给我啄它!"并且飞跳起来,啄雁的翅膀。

乌鸦们一拥而上,向孤雁进攻。

雁让过它们,逃出重围。乌鸦们得意极了,都围在一起,收拾它们的战果,抢吃那只死老鼠。

雁跑进芦苇丛,要求在那里住上一宿。芦苇同意了,说道:"你可以待在这里,我们不会伤害你。你怕那些乌鸦干吗?你不可以跟它们干一场吗?你太懦弱了!"

"懦弱?"雁说,"不,和它们干一场没有必要,我宁可避开它们。即使我可以啄赢它们,它们也还是会伤害我的羽毛。要知道,对于它们是无所谓的,好歹都可以在这里啄它们的死老鼠,而我,还有很远的路程要飞哩!"

水牛和公鸡

水牛和公鸡辩论它们各自的功绩。

水牛说:"我耕地、拉磨、拖车子,干的都是重活。可我吃的是草!你什么也不干,却啄食大米。这实在太不公平了。"

"什么不公平!"公鸡跳了起来,叫道,"耕地、拉磨、拖车子,算得什么?你没有听到每天天亮之前我在打鸣吗?我一打鸣,天就亮了。如果天不亮,你耕什么地,拉什么磨,拖什么车子?你还说什么不公平!"

水牛听了,觉得这倒是真的,每天天亮之前,它确实听到公鸡大声啼叫。由于它一叫,天就亮了,让它吃点细粮也还是该的。

水牛太老实了,它信以为真。其实,没有公鸡打鸣,天还是要亮的。

狼和老虎的结盟

狼对老虎说:"你确实是强者,但单独行动也有不利之处。如果我们联合起来,我相信对我们彼此都有好处。"

老虎说:"你说的也许有理。要是你同意我一个条件,我可以考虑你的要求。"

"我很高兴听你的条件,"狼说,"你比我强得多,我希望从我们的联合中得到好处,当然也就愿意接受你的条件。"

"接受这一点我很高兴。"老虎说,"条件是这样:在我们的共同行动中你得听我的指挥,一切得服从我的利益。"

"没有问题!"狼说,"这简直不算什么条件,而是理所当然。"

狼虎同盟就这样订好了。

它们联合起来向兔子进攻。战斗进行得十分顺利,彼此都称心如意。

兔子很快地被杀掉光了或者逃跑了。它们决定去打一个羊圈的主意。但这却遇到了阻碍。白天,牧羊人拿着猎枪紧跟着羊群,晚上羊圈关得严严的,无隙可乘。经过许多天的窥伺,一无所获,而它们都已经精疲力竭。

"我饿得不行了!"老虎说,"得想一个办法。"

"你说吧,"它的盟友说,"我保证听从你的命令,只要于你有利的事情我都照办。"

"我们现在的处境是,"老虎说,"这样下去,我们两个都会饿死。因此——根据我们的盟约的精神——我现在得把你吃掉。"

狼大惊道:"这怎么行!这,我不就完了!"

"怎么?"老虎说,"你忘了自己同意的盟约?一切事情都得服从我的利益。在目前的情况下,吃掉你是符合我的利益的。"

狼当时的惊愕是不难想象的,但,怎样的惊愕或悔恨都不会持续很久,老虎已经把它扑在地上了。

彼得洛夫的录音器

彼得洛夫参加了斯大林格勒大战。他想给这次历史性的决战留下真实的记录,就用一个最好的录音器把战争实况记录下来。战争结束以后,他常常把录音器打开,重温那一段惊心动魄的历史。

50年代初期,彼得洛夫每次打开录音器,听到指挥部里传来斯大林凝重坚定的声音,他就感到血液沸腾,仿佛又回到了那个炮火连天的战场。

到了60年代,彼得洛夫重新打开那个录音器,听到指挥部里传来的声音变得急躁、紧张、含糊不清。他非常惊异,原来那声音完全是赫鲁晓夫的。你不相信也得相信,斯大林格勒苏军指挥部里传来的是赫鲁晓夫的声音。

进入70年代,彼得洛夫再又打开录音器,发现那声音重又变得缓慢了,但是呆板、滞钝、拿腔作势,原来已全是勃列日涅夫的声音,千真万确,是勃列日涅夫的声音。

彼得洛夫大惑不解:奇怪,这是历史的声音,为什么也会发生变化?

他想了一下,感叹地说:"啊,原来历史也是随人转的;只要谁在台上,历史就变成谁的腔调!"

神　马

一匹蒙古良种马被带到江南。江南的马都比较矮小，这匹马自然显得特别高大雄健。

马主人居为奇货，故意把它神化。说起它来，真是健如虎，矫如龙，绝塞北，度流沙，逐电追风，日行千里，所向无空阔，真堪托死生，简直是一匹神马。人们也真的把它当作神马，不管深涧险溪，高崖峭壁，都让它纵步狂奔，认为它反正不会失足。久而久之，这匹马被人们的迷信所陶醉，自己也觉得确乎有点儿神异，以为世界上绝没有它不能跨越的地方。

有一天，这匹神马冲到一片泥潭面前，也照直飞驰而进，结果陷没在淤泥里，出不来了。它拼命挣扎，但只是愈陷愈深。

这匹马，当它被人们当作神的时候，悲剧就开始了；当它自己也以为是神的时候，就完全成了悲剧。

摩亚的命运

孤悬在南太平洋上的新西兰岛是一个风光绮丽的地方。在人类到达之前,这里是鸟类的世界。岛上没有蛇,没有走兽,鸟类成了自然的主人。这里确实是鸟国居民的乐园,它们没有任何外族的敌人,没有蛇蟒的危害,没有野兽的追逐。如此有些鸟慢慢地丧失了飞翔的能力,它们的翅膀由于没有作用而退化,成了这一地区特有的无翼鸟。身材魁伟的摩亚(Moa)鸟就是无翼鸟中有名的鸟国之王。

摩亚鸟高3米多,体形类似非洲的鸵鸟,体重比得上澳洲的野马。千百万年,它们世世代代群聚在新西兰的森林和洞穴之中。风和日丽的日子,随时可以看到它们披着满身柔软的茸毛,迈着悠闲的步子,出没在海滨、沙滩、河畔和树林中间。

年老的摩亚总是告诉它们的后代:"我们这里是最美丽、最幸福的地方,没有任何敌人伤害我们。"

它们就这样和平幸福地生活下来,一代接着一代。

灾难终于降临到这个和平之国。当第一批毛利人漂洋过海登上这个岛屿之后,摩亚立即成为惊弓之鸟。

它们没有任何抵抗能力,一条猎狗就可以所向无敌。弹弓利箭的射击、罗网的收捕、猎犬的噬咬,成千上万肥美的摩亚都成了入侵者丰盛的肴馔。无以数计的摩亚就这样陷入了亡国灭种的浩劫,而且确实全部被消灭了。

当最后一只摩亚就擒以后,它伤心地说:"没有敌人并不一定是好事。如果当初我们生活在一个较为艰苦的地方,我们受到敌人的威胁,迫使我们有着某种防御的能力,也许今天不致陷入如此悲惨的绝境!"

摩亚鸟在世界上绝迹了,只有少数标本留在新西兰的博物馆里,以它们往日的身世给予人们以启示。

两只信鸽

　　一个信鸽爱好者驯养了两只很好的鸽子,每次放出,它们都能准确无误地飞回目的地。但驯鸽者发现,它们到达的时间,总是有先有后。他认为,这两只鸽子之所以有时这只先到,有时那只先回,显然是有时那只飞了弯路,有时这只错了目标,要不然一定是同时到达的。他想,如果将它们拴在一起,共同辨认方向和目标,那一定能更加迅速、更加准确地同时到达目的地。

　　他把这一设想付诸实行:用一根一尺长的绳子把两只鸽子并联起来,然后放它们飞行。

　　两只鸽子不能持续不变地保持同一距离同一速度飞行。连结的绳子使它们互相牵制,它们越是想尽快地飞,越是受牵制得紧,终于从空中摔了下来。经过几番剧烈的挣扎,无法飞起,结果缠死在路上。

　　——只要方向和目标一致,让它们自由地飞行是能够到达目的地的,即使多少走点儿弯路也并无妨碍;取消这一点儿自由,它们就只能死在路上了。

灰斑和白额

灰斑大虫统治着山林,它颁布了一条规定:它的食用是每天一头野兽!

它这样宣布,也就这样执行:每天吃一只兔子,或一只黄羊,或一头獐子,当然也可能是别的小兽。为执行这一规定,全山的野兽都感到非常痛苦。

有一天,听说白额大虫来到了山外,灰斑极为惶恐,因为它不是白额的对手。这给小兽们带来了希望:"原来世界上也还有它害怕的动物!"

野兽们派代表去和白额联系。白额表示:如果它来统治山寨,它将改变灰斑的一切规章制度。

白额的声明使野兽们感到鼓舞,它们当即行动,迎接白额上山。当白额从前山进来,灰斑就从后山溜走。

如此白额登上了宝座。

白额发表演说:"灰斑大虫罪恶滔天,它统治的山林一片黑暗,现在我把他赶走了,世界的光明从今天开始!"——野兽们发出了欢呼,它们相信,盼望已久的救星已经来到。

白额接着说:"现在我来治理山林,我保证你们过上自由幸福的生活,没有什么人敢再压迫你们!"—— 野兽们欢呼得更加热烈了。

白额继续它的政策声明:"我决定改变灰斑的一切制度!灰斑每天吃一头小兽的规定宣布作废!"—— 野兽们简直高兴得发狂,因为长期使它们痛苦不堪的这一规定终于取消了。

但是白额最后说:"我的制度和灰斑完全不同,我每天食用的小兽不是一只,而是 —— 两只!"

司 命

神庙里供奉着司命大神,四乡八境的人都来向他礼敬,祈求降赐福泽,消弭灾难。

判官问道:"这么多人来祈求,怎样对待他们的供奉呢?"

"全部领受!"大神指示。

"那你怎样回答他们的祈求呢?"判官问。

"那很简单,"大神说,"没有灾难的,不须理会;凡有灾难的,不加理会,该跛脚的跛脚,该瞎眼的瞎眼,该死的就死掉。"

判官大惑不解,问道:"这样,人们还会来供奉香火吗?"

"会供奉的,"大神说,"因为他们相信,他们的幸福,全是我的恩惠;而灾难,是他们命中注定,我还给他们减轻了许多。"

会叫的猫

一只会叫的猫对它的朋友诉苦说:"真奇怪,你这样闷声不响,人们偏喜欢你。他们对我可非常粗暴,我到哪儿他们都赶我。"

"大概是你做了对不起他们的事吧?"它的朋友,一只不大爱叫的猫说。

"没有啊!"

"那可能是你没有能力?"

"说哪儿的话!"会叫的猫说,"我会叫得很。"

"对啦,"它的朋友说,"恐怕问题就在这里,你应该从事你的工作,光叫有什么用呢!"

"我叫得可好听呢!"会叫的猫争辩说。

"再好听也没用,猫的事业不在于叫啊。"

"你要知道,我叫得可认真呢!我通夜地叫,一叫起来,敢教整个村庄都听得见。"

"啊呀,"不爱叫的猫说,"我的朋友,你怎么还不明白,我们要做的工作和大嚷大叫是不相容的。你越是要叫,叫得越是认真,也就越没有什么用啦!"

莺哥爱好者

江北有个爱鸟的人，特别喜欢莺哥，喜欢它们的美妙的歌声。他做了各式各样的精致的笼子，千方百计地把莺哥捉了进去，认真地饲养它们。

但那些莺哥一进笼子却惊惶不安，瞎蹦乱扑，稍一疏忽就飞走了，没有飞走的也弄得摧毛铩羽，有的甚至在笼子里扑腾死去，剩下来的也都郁郁寡欢，无心歌唱。

后来这位养鸟专家听说江南也有个莺哥爱好者，那里有大量的莺哥。他决定跑去看一看，向那位同行请教驯养莺哥神奇的妙法。

来到了江南的莺哥之海里，江北的莺哥爱好者大为惊讶，原来这位同行根本就不捕捉莺哥，连一个笼子也没有，他的办法是沿河培育一片葱郁的柳林，让莺哥们自由自在地栖息在里面。

"重要的是创造一个春天的环境，"主人谈到他的体会时说，"只要是春光照临的地方，莺哥是会来歌唱的。没有必要把它们都关起来。"

拉·封丹和伊索

拉·封丹会见了伊索,他向这位古老的寓言先驱致敬。

伊索问道:"你怎么也来干这种傻事?我知道,很少有作者愿意创作寓言,因为寓言总要去揭露黑暗,而揭露黑暗的作者都逃不脱可悲的命运。"

"敬爱的先师,"拉·封丹回答说,"您说的不完全对。寓言并不都是揭露性的,它主要用来揭示真理,总结教训。诚然,有些寓言是揭露黑暗的。要知道,如果哪个地方允许揭露黑暗,正表示那里还有着光明;如果哪个地方害怕揭露黑暗,恰好说明那里一点光明也没有。"

黄鼠狼论声誉

兔子对黄鼠狼说:"老兄,我听说在人们中你们的声誉很不好,你们知道吗?"

"知道!"黄鼠狼说,"无非是说我们吃了他们几只鸡吧。他们编造了什么'黄鼠狼给鸡子拜年——不安好心'的谎话,不过,不要紧,这话是讽刺他们自己人的,和我们不相干,谁看到我们给鸡子拜过年!"

"不过现在情况变了,"兔子说,"有人给你们翻案,说你们吃老鼠,是益兽,给你们恢复了名誉。"

"反正都一样,随他们去说吧!"黄鼠狼说。

"但声誉好一点,总还是好些。"

"我不这样看,"黄鼠狼说,"为了利用我们而恢复我们的名誉,这是毫无意义的,我们重视实际的利害。你们兔子的声誉,比我们黄鼠狼好得多,但人们捕杀兔子比杀害黄鼠狼不知多得多少倍。不管怎么说,我还是尽量避开他们的好。"

落进网里的鹰

一只鹰被羁在猎人设置的网里,它进行了多次的冲击,但未能冲出去,反而撞折了翅膀。

如此麻雀们就来教训它了。

"你飞的方向不对!"一只麻雀说。

"显然飞得太矮了!"一只麻雀说。

"照我看,"另一只麻雀说,"它根本就不会飞,要不然怎么会一而再地落在网里呢!"

鹰沉默着,它没有回答。

—— 对于失败的英雄,是难得有人理解他的高度和价值的。

中国的鹰

北林动物园一位驯鹰专家访问美国加利福尼亚动物园,观看了动物园举行的放鹰比赛。他对其中飞得最高的鹰极为欣赏,就想把这种强健的鹰种引进中国。经过协商,他用高价把这头鹰买下了。回到北林,园里的一位老饲养员看了,告诉他:这头鹰和自己园里养的是一个品种,原是几年以前加利福尼亚动物园从这里买去的。

这位驯鹰专家上当了,他很纳闷:为什么同样的鹰,在加利福尼亚的天空里可以飞入云霄,而他自己驯养的却飞得并不出色?如此饲养员同他一道检查这头鹰,他们发现,买回的这头鹰也没有什么特别之处,他们自己驯养的鹰也并不错,只是后者的羽毛经过了修剪。修剪过羽毛的鹰看起来要顺眼一些,然而它们的飞翔能力却受到了影响。

老饲养员指出这一点后,说道:"我们应该相信,中国的鹰是能够飞得很高的,只是今后我们再不要修剪它们的羽毛了,让它们自由地飞吧!"

不相称的伙伴

鳄鱼爬到河边上,一只水鹬飞来给它剔牙齿。鳄鱼安静地伏着,半闭着眼睛,张开口,水鹬用它的尖利的嘴,轻巧地剔除鳄鱼牙缝里面的残渣,啄掉牢固地叮在牙龈上的水蛭。这时候,鳄鱼总是激动得眼泪双流。

"我亲爱的朋友,"鳄鱼流着泪水说,"你给了我很大的帮助,啄掉了我牙缝里那些该死的水蛭。给我啄吧,我不会薄待你的。我没有忘记在牙缝里给你留下一些食物的残渣,让你吃得很饱。我们的友谊是牢不可破的,我们的关系是建立在真正平等互利的基础上的。"

"您太谦虚了,"水鹬说,"我作为您的伙伴是很不够格的。主要是您对我的恩惠,使我得到这么丰美的食物。如果我的服务能使您满意,我将感到非常的荣幸。"

它们就这样结成了亲密的伙伴。

有一天,水鹬剔完鳄鱼的牙齿以后,鳄鱼问道:"我的朋友,你吃饱了没有?"

"谢谢您,"水鹬说,"我已经很饱了。"

"但是我却很饿,"鳄鱼说,"我还没有吃东西呢!"

"真的?"水鹬非常同情地说,"这可怎么办呢!您给了我这么多吃的,很抱歉,我却没有一点办法帮助您。"

"不,"鳄鱼说,"你是很有用的,现在只有你能够帮助我。——来,再给我看看里边这个牙齿,这儿似乎还有一条水蛭!"

水鹬小心翼翼地伸过头去。鳄鱼用非常利索的动作,一张口就把水鹬衔住了,连脚尖、尾巴也没有露出一点在嘴外面。鳄鱼不动声色地闭着嘴巴,并不担心它的朋友会有什么挣扎或抗议,它们的友谊保证了不会发生这样的事。现在它只是用它的慈悲的眼睛,十分警觉地侦视着四周,希望不致惊动可能同它合作的新伙伴。

玉米地里的欢宴

一群猴子蹑手蹑脚地踅进了玉米地里。出乎意外,它们发现密密丛丛的玉米林的深处,有一块外面完全看不到的空地。更有趣的是空地中间有一只很大的木盆,木盆正中放着一只很大的瓦罐,罐口用硬纸严严地封着。

猴子们好奇地走近盆子。一只猴子跳进盆里,毫不费力地启开了瓦罐。哈!它们发现了什么?从瓦罐里喷发出扑鼻的芳香,里面原来装满了酒。

开始一只猴子把手伸进去,撮合手掌舀了一点酒,小心地品尝。它舔舔嘴唇,眨眨眼睛,发现味道不错。接着第二只、第三只都来尝一尝。随后大家一拥而上,发出欢叫,都扳住瓦罐,撮起手掌伸进罐里面去兜酒喝。

一群猴子攒在一起,互相挤拢,互相推搡。有一只猴子干脆踩在别的猴子身上,把脑袋伸进瓦罐里去。被踩的猴子猛推它的屁股,它的脑袋栽到了酒里,如此四脚剧烈地乱弹乱踏,把罐子掀翻而且打破了,酒都泼在盆子里。这倒更方便了,猴子们都扒到盆子里痛喝起来。

宴饮十分欢乐,酒也够它们喝的。但秩序还是很乱,

拥挤的程度一点没有改变。有两只猴子蹲在盆子里,别的猴子从它们的腋下、胯里,把头钻进去喝酒。

一只猴子也许是喝醉了,也许是碰伤了脑袋,它跳了出来,从地里摸起一根棍子对盆子上挤攒的猴头乱打。被打痛的猴子也跳出来。这时它们发现盆子四周横七竖八摆着许多光溜溜的木棍,这是它们原来没有注意到的。它们各自拣了一根打了过去。接着所有的猴子都拿到了木棍。有的猴子是为了报复，有的纯粹出于好兴，都莫名其妙地厮打起来，发出各种尖厉的叫声。猴子们乱作一团，跳来跳去，有的一对一地对着打，有的两三只围攻一只，有的东打一棍，西戳一下。猴子还有一种乘人之危的习性，有哪一只被打倒了，别的猴子都赶来敲它几下。随着酒性的发作，这场混战愈加激烈，在四周被玉米林围得水泄不通的空地里，演出了一场奇妙的魔鬼的舞蹈。

这场闹剧演了半天，有的猴子被打晕了，有的被酒醉翻了，大多两者兼而有之，最后都东歪西倒、动弹不得。

事情的结局猴子们更没有料到，这场戏的导演终于出场了：一声喊起，玉米林中冒出了几个猎人，他们提着许多布袋，兴高采烈地把烂醉如泥的猴子抓起来塞进布袋里去。每塞一只，就用绳子把口子一系。猴子们干瞪着充血的眼睛，全都作了俘虏，一个也不曾幸免。

佩带金质奖章的信鸽

一位驯鸽者驯养了一只优秀的信鸽。这只鸽子多次战胜剧烈的风暴把信送回目的地，在云雾弥漫的海上也从不迷航，在同鹰鹫的较量中它也没有失败过。后来在一次飞程千里的信鸽比赛中它取得了冠军。信鸽俱乐部为了表彰它的成绩，特制了一枚金质奖章系在它的脖子上。它为所有信鸽所羡慕。

有一次，这只佩带着金质奖章的鸽子飞越一个不大的山林时感到很累，不幸在这儿碰上了鹰，它被迫仓促逃亡。往常它会像箭一样地冲出去，瞬息之间就无踪无影。现在沉重的奖章妨碍着它，使它无法施展身手。它终于被饿鹰抓着了。

这只鸽子在鹰爪的下面遗憾地说："我战胜过那么多的敌人、风暴和云雾，没想到荣誉使我丧失了生命！"

老驴子和它的主人

　　主人驾着车子，给老驴子套上皮带，然后拍拍驴背说："伙计！辛苦你了，现在只要你拉最后一趟车了！"

　　老驴子对主人的恩惠感激涕零，它相信拖完这最后一趟车，以后该享清福了。

　　老驴子一点也不知道，他们是走到驴马屠宰场去。当车子停下，主人解除驴颈上皮带的时候，老驴子轻松地舒了一口气。主人却叹息着说："倒霉，等下驴皮得我自己来拖！"

钩子上的狮王

狮王出巡，走到山腰里，发现那里横着一条被刚刚杀死的狗子。狮王闻了闻，味道很新鲜。"不错，"狮王自言自语地说，"大概人们知道我要来了，准备了这点贡品。本来就应该如此嘛！"

狮王动爪享用这份贡品。它先撕开狗子的胸膛，挖掉里面的内脏，然后对付狗子的躯壳，最后一只一只地啃掉狗子的四脚。这一切收拾完毕以后，它发现少了点什么。对啦，少了一颗狗头！

狮王向四周搜寻，发现狗头挂在一棵大树的枝上，一只喜鹊正在旁边瞧着呢。

"混蛋！"狮王怒道，"你怎敢藏起我的食品？"

"没有，"喜鹊说，"这东西不是分明挂在这儿吗？大王用了那么多，这一点不要也该可以了吧？"

"胡说！"狮王怒道，"我会施舍给你这渺小的家伙吗？别忘记，狮王口下边的食物，你们就别想打什么主意。"

"我一点没有想要它的意思，"喜鹊说，"不过，我要告诉大王，这狗头是挂在钩子上的。"

"钩子怎么样？"

"钩子嘛,"喜鹊吞吞吐吐地说,"大王吃起来就不那么顺当。"

"废话!"狮王说,"老虎的凶狠、豹子的敏捷、狐狸的狡猾,我都不在话下,我会在乎什么钩子吗?"

说罢,狮王纵身一跳,把狗头连钩子一口咬住——立即发生了罕见的奇观:尖锐的铁钩钩住了狮子的上腭,把这位山林之王高高吊了起来。狮王四脚拼命乱扑,喉咙里发出可怕的咆哮。大树吓得浑身发抖,树叶纷纷落下。但是,狮王的一切挣扎都属枉然,钩子越钩越深,终于深深地钩进了狮王的脑盖。

"啊,我的狮王!"喜鹊叹息着说,"这可怨不得别人,钩子固然是针对你的,但毕竟是你自己挂上去的啊。你本来是无比高明的,然而有什么办法呢,贪欲一旦膨胀起来,即使再高明也免不了糊涂。利令智昏,你并不是第一个,也不会是最后一个。"

到归元寺落户的老鼠

汉阳一只很有经验的老鼠告诉它的邻居,它选好了一个永久的住居,不日就要搬家了。

"你准备搬到哪儿?"它的邻居,一只同样不缺乏生活阅历的老鼠问。

"我准备在归元寺落户。"

"啊呀,我的朋友!"它的忠实的邻居叫了起来,"归元寺我熟悉得很,那里面有许多罗汉,把个大庙都挤满了,看到它们都很怕人,你怎么选择这么个好地方?"

"你不知道,"很有经验的老鼠说,"罗汉再多也没有关系,它们不会对我们造成伤害。你没看到,它们坐着的永远坐着,站着的永远站着,坐在上面的永远坐在上面,站在下面的永远站在下面,从来没有什么变动。凡是人们不肯变动自己的位置的地方,那里的境况就不会有什么变化,也不会有什么进展,我们尽可以安安稳稳地住在那儿。"

上街溜达的兔子

　　成百只兔子圈在大街上出售，许多人围着观看。

　　有一只兔子想："这些人都很和蔼、文明，摆着上百只兔子，谁也不动手抓一只，他们和猎狗完全不同。"后来它想："人都这么和善，我何不到街上去溜达溜达！"

　　这兔子找个机会，跳出兔圈，偷偷地溜到街上去。

　　它很快被人发现了。"一只兔子！"有人叫了起来。

　　随即许多人像发了疯似的向它扑了过来。兔子吃了一惊，立即夺路逃跑。已经迟了，所有的人都来拦截、捕捉，人们大喊大叫，整条街都喧腾起来。兔子惊惶无主，毫无目标地东奔西窜。它终于被一个人抓着了。它的后脚被紧紧地攥着，任怎么蹦也蹦不脱。

　　这兔子到死都不明白，为什么成百只兔子放在那儿谁都不动，它一只兔子却有那么多人来抓？

老蚂蚁的哀叹

小蚂蚁回来告诉老蚂蚁,他们在外边碰上了一头狮子。

"抬回来了没有?"老蚂蚁问。

"啊呀,我的老爷子!"小蚂蚁说,"那大得很,怎么抬得回来!"

"多上几个蚂蚁嘛。"老蚂蚁说。

"多上几个也不行呀,"小蚂蚁说,"那大得很,再说我们也赶不上呀!"

"又是大得很,又是赶不上,你们这个样子干得了什么呀?"老蚂蚁教训说,"有多大决心,就有多大力量,像你们这个样子怎么行呀?"

小蚂蚁走后,老蚂蚁叹息着说:"唉,这一代蚂蚁真没有法!我们当年抬回过一只大螳螂,他们现在,连一头狮子也对付不了!"

水亭上的蛀虫会议

花园的池沼上有个木结构的水亭,幽雅别致。后来里面生了蛀虫。蛀虫们蛀空水亭的柱子、横梁、桷头、檐角,在里面优哉游哉,自得其乐。

等到木头的表皮终于蛀穿,蛀虫们发现了自己所处的位置,不觉都寒心了。因为它们看到,下面是水,如果水亭一旦倒塌,它们会遭到灭顶之灾。

蛀虫们召开了紧急会议,会上大家激昂慷慨,发表了许多非常正确的意见,提出了非常正确的议案。为了使水亭免于倒塌,挽救它们自身的命运,急需采取的措施,就是全面停止蛀蚀。最后全体一致通过了决议。

每一条蛀虫都称赞这是一个很好的决议。不过每一条蛀虫都想,这么大一个水亭,自己蛀那么一点,关系是不大的。它们都这么想,也都这么干,对水亭的蛀蚀一点也没有减少。

事情发展得日益严重。会议不断地召开,停蛀的呼声更为激烈,决议的措词也更为严切。但情况依然如故,每条蛀虫回去照例蛀各自的一点。

有一天,水亭终于倒塌了,断梁残柱都淹没在水里,蛀虫们的会议也到此收场。

亚力山大大帝过访伊索的园子

亚力山大大帝率领大军远征,路过伊索的园子。慑于伊索先生的声誉,亚力山大特地登门拜访。

他在园子里转了一会儿,笑起来了。他说:"我原以为伊索先生的园子里会有什么了不得的财富,原来就是这么一些玩意!狐狸、驴子、乌鸦、兔子什么的!伊索先生名闻天下,难道就因为这么一些东西?"

"我的这些确实微不足道,"伊索说,"我很想了解,陛下有些什么财富?"

"你想了解我的财富吗?你听着好了!30个王国匍匐在我的脚下,80万大军举世无敌,你可以估计一下我的财富吗?"

"那确实是很多的!"伊索说。

"怎么样,伊索先生?"亚力山大问道,"如果上帝允许,你愿意处在我的位置上,还是希望留在你的园子里呢?"

"当然是留在我的园子里!"伊索毫不含糊地回答。

"为什么?"亚力山大吃惊地问。

"尽管你有那么多财富,"伊索说,"但是,不管你到达哪里,人都跑光了,然而,谁都愿意到我的园子里看看。再说,你那么多的财富,要不了多长时间,就会没有一点属于亚力山大大帝,我园子里的东西虽然不多,人们却永远会说,这是伊索先生的。"

蝉儿和蚱蜢

新秋,蝉儿在树上歌唱。

蚱蜢飞来对它说:"你每天喝一点露水,有什么值得高兴的,老这么喜气洋洋地唱个没完?"

蝉儿停住了。

蚱蜢又说:"而且你的生命还如此短促,不超过三十个日子!多么可怜,你这样的生命有什么意思!"

"那么你呢?"蝉说。

"我?"蚱蜢说,"我从来不声不响,专心一意地啃那些傻瓜生产的粮食,还专挑新鲜的呢!你想得到吗,我一天吃的粮食你一生也吃不上,而且我至少要活三十个月!"

"生命,"蝉儿说,"在世界上活多长时间,并没有什么特别的意义,重要的是在活过的这段时间里做了些什么。你到生命结束的时候,当然可以为自己糟蹋了这个世界那么多粮食感到自豪。然而,我同你的做法会有所不同,这是没有办法的。"

"你又干了些什么呢?"蚱蜢嘲讽地问。

"说来惭愧,"蝉儿说,"我干不了什么,仅仅为美丽的秋天,力所能及地奉献自己的歌声。"

驴子和羊

驴子守挡在羊圈门口,所有的羊进去,驴子都要踢它一脚。特别是小羊羔,驴子决不放过,踢得它们咩咩叫。

屋檐下的燕子问道:"这些羊欺负你了吗?"

"没有,它们敢欺负我?"驴子说。

燕子说:"那你为什么欺负它们?"

驴子说:"谁都可以欺负我,不欺负它们,我去欺负谁!"

海鸥与家鸭

一只海鸥,偶然来到家鸭的池子旁边。成群的家鸭正在那里游水。它们熙熙攘攘,游来游去,还不时拍着翅膀,高声大叫:"嘎嘎嘎嘎!"

它们发现了旁边这个陌生者,都围拢来看稀奇。

"你是什么东西?"一只家鸭问道,"野鸭不像野鸭,鹭鸶不像鹭鸶!"

"我是一只海鸥。"

"海鸥?没听说过,哪儿来的?"

"大海。"

"大海?大海是什么地方?"

"大海是水的家乡。"海鸥说。它有些窘,要对海作出解释是困难的。

"海里也有水?"鸭子们不无怀疑地说,"有我们这儿多吗?"

"要多得多啦!"海鸥回答,笑了起来。

"比这儿多?"鸭子们更加怀疑了,说,"那海究竟有多大呢?"

"说实在的,"海鸥说,"海究竟有多大,我也说不清楚,因为我没有看到过它的边际。"

鸭子们七嘴八舌地议论起来:

"别瞎说,怎么会没有看到它的边际!"

"你不可以游过去看一下吗?你看我们这池子,我们每天不知游多少遍呢!"

"对啦!"一只鸭子突然想到,"你应该会游水,下来游游试一试!"

海鸥飞进池子,习惯地往水里一氽。糟透了,原来水深不到一米,它的头一下氽到污泥里去了。海鸥拔出头来,满脸污泥,十分狼狈。翱翔在广阔无边的海上,翻腾在惊涛骇浪里的身手,在这里竟无能为力。

"哈哈哈哈!嘎嘎嘎嘎!"鸭子们哄地大笑起来,叫喊着,"这家伙根本不会游水,海里有水大概也是欺人之谈!"

诺曼底海边的海鸥

法国西北部诺曼底有一片美丽的海滩,这里海面辽阔,风光美丽。平日里海鸥在空中飞翔,一派太平景象。

1944年6月6日清晨,西边海面上出现了许多大船,海鸥们以为是大批渔船要来捕鱼了,都高兴地飞向海空,因为渔船驱赶鱼群,也是海鸥们丰收的时候。

船只越来越近,可海鸥们绝对没有想到,从海上和岸边突然对着开起炮来,瞬息之间,连天炮火,炮弹像暴雨似的交织在一起,许多海鸥中弹落入海中,发出一声声惨叫。

"糟了!"老海鸥大声呼喊,"孩子们,快逃!这些罪恶的人要来消灭我们了!"成百成千的海鸥齐向海边岩壁的洞穴里飞去。它们在深深的洞穴里,也听到炮火的轰鸣,山摇地动,仿佛到了世界的末日。

不知道过了多长时间,外边终于沉寂了。海鸥们还是不敢出去。

老海鸥说:"孩子们,你们别动,我出去看看!"

过了好长时间,老海鸥气喘吁吁地回来了,说:"太惨了!我飞了几百公里,地面上全是尸体,血流到海里,海水都染红了!"

"杀了我们那么多同伴?"海鸥们惊叫起来。

"不是,"老海鸥说,"全是人,各色的人都有,尸横遍地。人类太凶狠了,没有任何动物可以和他们对抗。"

"那我们怎么办?"海鸥们说。

老海鸥告诉它们:"别害怕,孩子们,炮火不是针对我们的,人类真正的敌人是他们自己。放心地出去,自由地飞吧!对人类适当地回避就可以了,略微飞远一点,看他们自相残杀。"

鹦鹉的诀窍

鹦鹉笼挂在公园的长廊里,鹦鹉向来往的游人不断地问候:"先生,你好!""先生,你好!"没有人不在这儿停留赞赏,这只能言的灵鸟也就遐迩闻名。

布谷记者采访来了。它对鹦鹉说:"阁下能言善道,在鸟界享有崇高的声誉,请您谈谈自己的体会。"

鹦鹉抱歉地说:"实在没有什么好说的,我只不过是向所有的人道好。我发现,人都有这样的特点,你说他好他总是高兴的。"

"您的体会很深刻,请进一步谈谈。"记者说。

"说起来实在惭愧,"鹦鹉说,"尽管我说过那么多话,其实没有一句是真的。我总是说'你好你好',到底怎么好,好不好,我根本不知道。"

布谷记者大吃一惊,问道:"难道您说的都是假话?"

"那倒也不是,"鹦鹉说,"我也从来没有说过假话。"

这使布谷更加迷惑了,问道:"您如此出名,然而您说的话既不真,也不假,那您究竟是怎样取得成功的呢?"

"这很简单,"鹦鹉说,"说真话,人们会不喜欢;说假话嘛,自己于心不安。我的秘诀就在于,既不说真话,也不说假话,说的全部是废话。"

魔　椅

万事如意国的宫殿上放着一把魔椅,椅背上刻着一句铭文:"谁坐在这把椅子上,所有的人就都是他的奴隶。"

不少的人来争夺这把椅子,斗争激烈。层出不穷的阴谋,无奇不有的丑行,不断在这儿发生。但很少有人坐得安稳,往往坐席未温就被推了下去。当这些争夺者倒下来以后,他们才惊讶地发现,正是他们自己成了椅子的奴隶。只有椅子是永恒的胜利者,因为争夺者总是有的,一批接着一批,接踵而来。

神与鬼

一个鬼在地狱里表现出色,被提拔到天上当差。但没有多久,这鬼却逃回来了。

它的伙伴问:"听说天堂里琼楼玉宇,三十三天通明透亮,一片光华灿烂,是真的吗?"

"确实是真的。"

"这么好的天堂,你为什么要逃回来呢?"

"你不知道,"这鬼回答说,"在地狱里,大多都是鬼,平时也就这么过。一到天堂,哪一个角落里都是神,碰到谁都得磕头,听他的使唤。我现在才明白:鬼多于神的地方,做鬼也不难;神多于鬼的地方,在那儿做鬼简直别想活。"

——上帝应该懂得,鬼和神要有一定的比例。

傀儡的哲学

一个很有名气的傀儡被偶然搁在鼓上。

鼓问它说:"老兄,你虽然很有名气,但毕竟不过是一个傀儡,为什么你似乎总是那样兴高采烈?"

"为什么不呢?"傀儡说,"我在我的小小的帷幕里演出了那么多令人唏嘘感叹的活剧,怎能不感到高兴和自豪!"

鼓说:"那些活剧难道真是你演的吗?我说是由人在后面操纵也许更符实际吧!"

"这并不矛盾,"傀儡说,"你要知道,操纵者并不能直接面向观众,而观众欣赏的也不是傀儡后边的操纵者。傀儡的价值也就不容否定,要不我怎么会如此出名呢!"

"没想到傀儡还有这么一番高论,佩服佩服!"鼓说,"我还想请教一下,作为一个傀儡,你取得成功的主要经验是什么?"

"是这样的,"傀儡说,"对操纵者,必须绝对是一个傀儡,不要有任何的意志;而在观众面前必须神气活现,完全不像一个傀儡,好像一切动作都出于我自己的意志。换句话说,在操纵者面前,要把自己不当人;面向观众时,要把别人不当人。"

新任森林之王

野兽们对历届森林之王狮子、老虎等都不满意,通过协商,决定进行无记名投票,选举一名新的首脑。

选举结果,使野兽们大吃一惊,但又符合它们各自的心意,中选者原来是窜入森林里的一头猪。

就这次选举,喜鹊记者对选民进行了采访。

兔子、黄羊说:"我们之所以选它,是因为即使它不能为我们做点什么,至少不会吃掉我们。"

狐狸、豺狼说:"我们认为,它不会妨碍我们的行动。"

豹子、老虎说:"你问我们吗?我们让它坐在宝座上,是因为反正它的命运掌握在我们的爪牙之下。"

喜鹊记者最后到了新任森林之王那儿,请它谈谈自己的感想。

"我知道自己有多大能耐,"猪大王说,"我得了森林之王这一称号也就够了,我还要求什么呢!"

绞线风筝

两只风筝放上天空,它们的线绞在一起。两个伙伴劲头都很大,它们决定比赛一番,看谁飞得高。

两只风筝的旁边,有两只鹰也正在比赛。眼望着鹰们你追我赶,交相越过,很快飞上了蓝天。两只绞线的风筝却在空中牵着扯着,摇来摆去,怎么也飞不上去。

休息的时候,风筝问鹰:"咱们在同一个天空里比赛,为什么你们能飞上天空,我们却上不去呢?"

"咱们遵循的比赛原则不同,"鹰说,"我们的原则是,我要比对手飞得高;而你们的原则是,不要让对手比我飞得高。"

"这两者有什么区别吗?"风筝问。

"区别可大呢!"鹰说,"照我们的原则比赛,那就是,它上去了,我就要努力赶过它;我上去了,它又会努力赶过我。结果我们都能直薄苍穹。而照你们的原则办理,那就是,如果它上去了,我就要死命拖住;反正我上不去,它也别想上去。这样自然就都上不去啦!"

——两只风筝绞线就飞不起来,遗憾的是,我们生活中的"风筝"常常是许多线绞在一起!

机器人浮士德

机器人制造厂制造了一个机器人浮士德，它同那位古老的浮士德博士一模一样，也有渊博的学问，同样对人生很不满足。靡非斯特也及时地出现了。

"如果有一天，我觉得满足了，我情愿付出任何代价。"机器人浮士德说。

"好极了，"靡非斯特说，"我们来订个契约，我可以满足你的任何要求，如果有一天你感到了满足，你就把灵魂给我！"

机器人浮士德向他伸过手去。他们达成了协议。

靡非斯特引导着机器人浮士德尝遍人间的欢乐，享尽富贵荣华。机器人浮士德获得了无数的财富，占有许多绝色的美人，并且最终夺取了无上的权力，穷奢极侈，荒淫无耻，度过了许多年月。有一天，他得意忘形地说："我这一生是够美的了，我已经心满意足。"

"好极了！"靡非斯特跳了起来，叫道，"把灵魂拿来，这一回我总算取得了胜利。"

机器人浮士德哈哈大笑，说道："地狱之王，你得意什么，我根本就没有灵魂！"

靡非斯特怅然若失，悔恨莫及，说道："一个没有灵魂的家伙，即使是靡非斯特也免不了要上当。"

天鹅与乌鸦

乌鸦说:"天鹅虽然高雅美丽,赢得人们的赞赏,但它要到死亡来临的时刻才歌唱一次,而我却每天可以歌唱。这一点,它是无法同我相比的。"

世界确实充斥着乌鸦的叫喊。

但人们还是珍视天鹅的歌声而讨厌乌鸦的聒噪。

猫岛的悲剧

一对猫儿夫妇被海船偶然带上一个无人的海岛。这岛上风光明媚,草木丰茂,有的是老鼠、蜥蜴之类的小动物,特别是大量的海鸟栖息在上面,有无以数计的鸟蛋和雏鸟可吃。猫儿夫妇到了岛上,无异进入了天堂。它们在这里生儿育女,发子发孙。等到这对夫妇寿终正寝的时候,岛上已有数不清的猫了。

若干年以后,岛上的猫数以万计、十万计、百万计。它们所向无敌,所有的老鼠、蜥蜴、大型昆虫都被消灭得一干二净。鸟儿们受到无数次伤害以后,都飞走了,不再落到这个岛上。

这个猫儿王国的子民过分地繁衍,生存大计已成为问题。现在它们只能依靠潮汐涨落送来的鱼虾维持生活。但猫实在太多,海水送来的鱼虾供不应求,因此每天早晚海滩上都进行着争夺食物的搏斗。

真想不到,连这种局面也发生了变化,海水被污染了,鱼越来越少,终至完全绝迹。

猫儿王国陷入了绝境。拥挤不堪且为饥荒所迫的猫儿们只能打它们同类的主意了,如此大猫吃小猫,肥猫吃瘦猫,健壮的猫吃老病的猫。海滩上、山坡上,到处进行着彼此都想吃掉对方又怕被对方吃掉的生死搏斗,猫猫自危,而又猫猫都需要寻找捕食的对象。一到夜间,海岛上一片猫的嚎叫:然而现在已不是为了爱情的春嚎,而是互相残食的惨叫。

谁也无法扭转猫儿王国未来的命运!猫儿们只能对着空蒙无际的上苍和浩渺无边的海水作徒劳的挣扎,等待着末日的来临。

——地球,也是茫茫天宇中的一个小岛,她美丽至极,丰饶无比,但,千万当心,我们不要走到像那个猫儿王国似的悲惨的处境。

大卫背上的伤痕

公元 1500 年，意大利佛罗伦萨采掘到一块质地精美的大型大理石，它的自然外观很适于雕刻一个人像。宝石在那里放了很久，没有人敢于动手。后来一位雕刻家来试了一下，但他只在后面打了一凿，就感到自己无力驾驭这块宝贵的材料而住手了。

后来大雕刻家米开朗琪罗把这块大理石雕出了旷古无双的杰作大卫像。没想到先前那位雕刻家的一凿打重了，伤及了大卫的肌体，竟在大卫的背上留下了一点伤痕。

有人问米开朗琪罗："那位雕刻家是否太冒失？"

"不，"米开朗琪罗说，"那位先生相当慎重，如果他冒失轻率的话，这块材料早已不存在了，我的大卫像也就无从产生。"

问的人又说："但他打那一凿有损大卫的完美，你不觉得遗憾吗？"

"绝对完美的艺术是没有的。"米开朗琪罗回答说，"他留下的这一点伤痕对我未尝没有好处，因为它无时无刻不在提醒我，每下一刀一凿都不能有丝毫的疏忽，在我雕刻大卫的过程中,那位老师自始至终都在我的身边提起我的警惕。"

米开朗琪罗的大卫像至今仍竖立在佛罗伦萨大教堂的前面,他的背上也仍带着那一点不易觉察的伤痕。

旅鼠的庆筵

格陵兰的荒原上动物们举行盛大的喜庆筵席，庆祝旅鼠家族的繁荣和它们的功绩。

主席北极熊首先致词，它说："旅鼠是格陵兰最大的家族，它们以坚韧无比的毅力，在极端艰难的环境中繁殖自己的族类，为格陵兰许多动物的生存作出了巨大的贡献。我提议，为我们可爱的旅鼠干杯！"

"我们不会忘记旅鼠的功劳，"北极狐干杯之后说道，"我对旅鼠的家族永远感到兴趣。"

荒原上最矫健的鸷鸟雪雕接着发言，它说："如果没有旅鼠伟大的牺牲精神，我们这个荒原上的境况是不可想象的，我们的生存也是不可想象的。"

"至于我，"贼鸥也钻进来说道，"没有一天不想到旅鼠，我真要感激它们，关心它们家族的境况。我知道，在座诸公也都会有这种感情。"

所有出席庆筵的动物，都对旅鼠进行了颂扬，筵席上充满了欢乐的气氛。

但是，主角旅鼠怎么不在呢？啊，它们在的，不过它们不需要发言，它们用具体行动在作贡献呢：都躺在盘子里成为筵席上的美味佳肴。

羊　虎

羊对造物主说:"万能的主,你是最不公正的了。你让恶统治着世界,而让善永远处于可悲的地位!"

"你能说得具体一些吗?"造物主说。

羊说:"在你创造的这个世界里,所有恶的东西,你都给予精锐的装备;而对善的,却让它们连抵抗的本领也没有。这哪有丁点儿公平和正义呢!没有比老虎更凶恶的了,你却给它装上锋利的爪子和牙齿,身段也特别矫健。我们羊呢,世界上没有比我们更善良的动物了,但我们没有任何抵抗的能力。你给了我们一对角也是向后弯着的,根本抵御不了敌人。"

"这个容易,"造物主说,"我可以赋予你足够的力量。"

万能的主立即动手。他先把羊的身子拉得长大;然后把羊的嘴掰宽,钉上尖锐的牙齿;再把羊的蹄脚脱掉,换成锐利的爪子;末了,还把羊的两只角拉直,挺向前方。一切竣工以后,造物主拍拍这畸形的动物,说道:"我的宝贝!现在你可以保持羊的善良而具有超越老虎的力量。你的名字就叫'羊虎'吧!"

羊虎高兴极了,它向原野走去。但是这张宽阔的嘴和尖利的牙齿,吃起草来却很不方便,它觉得很饿。路上碰到一只兔子,它想:"我也来试试吃点兔肉吧!"它轻而易举就抓住兔子塞进了嘴里。它发现了一个天大的秘密,原来肉比草好吃得多。第一次成功的尝试给了它极大的鼓舞,它开始大量地捕食弱小的动物。羊虎搏斗的本领是没得说的。它具有老虎锋牙利爪的一切功能,还加上一对尖利的角,进攻起来,真是所向无敌。

新的生活完全改变了它原有的观念。"通过斗争来决定胜负是公平的,也符合正义的原则。至于善恶云云,那不过是扯淡!"这是它后来的结论,也是一切凶狠强梁者的理论。

"世界上真有羊虎这种野兽吗,我的寓言家?"

"当然有的,亲爱的读者!不过你没有必要拘泥于我所描述的外形。"

鹰的儿子

小鹰出巢试飞,跌落在山脚下。"哟,鹰的儿子!"山脚下的鸟儿们叫了起来,都围过来看小鹰的狼狈相。

麻雀吱吱喳喳地说:"回去告诉你爸,别那么耀武扬威。别看它飞得那么高,可没有我自由。你们永远只能待在那荒山的崖壁上。"

"说起鹰嘛,"叫天子钻了进来说,"人们都说它如何了得,它会唱歌吗?唱歌还得向我请教呢。当然,我不会教它。"

乌鸦也来凑趣说:"我的名声不能算好,但在鸟类中总比鹰受欢迎。我无非是羽毛黑一点,可鹰比我还黑得多呢!"

小鹰受够了气。它挣扎着,终于飞回了巢里。一进巢就伤心地哭了。

"我的孩子,你为什么这样难过?"老鹰问。

小鹰说:"我跌到了山脚下,那里许多鸟儿都说你、说我们的坏话哩!"

"它们都说了些什么呢?"老鹰问。

小鹰气愤愤地说:"麻雀说你没有它自由,叫天子

说你根本不会唱歌,乌鸦说你在鸟类中不受欢迎,你甚至还不如它呢!"

老鹰听了,说道:"我的孩子,它们虽然不太友好,但说的都是事实,并不都是坏话。谁也不能包揽所有的长处。你应该明白,我们确实有那些不足,而那些确是它们的优势。"

这使小鹰非常谅讶,它的自尊心一下崩溃了,没想到鹰也会有缺点。它说:"那不什么都完了?难怪它们那样议论我们!"

"没有完,我的孩子,"老鹰说,"你完全用不着沮丧,别人议论有什么关系呢,因为我们毕竟是鹰呀!"

海湾的鸟

当战争的乌云笼罩着海湾，布什和萨达姆那些大人物正龇牙相对的时候，海湾的鸟也在一起研讨面临的形势。

夜莺说："情况不妙，炮火声中是没法子歌唱的，我准备到非洲去避一避。"

鸵鸟说："我是不打算逃跑的，我自有我的办法。"

乌鸦说："对我来说，战争并不是坏事，一场厮杀过后，我们正可以啄食那些无人埋葬的尸体。"

海鸥说："战争总在陆地上进行，我想我的世界还是安全的。"

它们按各自的认识行事。

战争爆发了。美国空军进行了地毯式轰炸。鸵鸟的老办法是把头埋在沙堆里。炸弹把沙堆翻了过来，连鸵鸟的屁股也埋进了沙里。死尸确实不少，伊拉克死了几万人。但那些乌鸦也未能幸免，它们啄不了尸体了。伊拉克人破坏了科威特的油田，把万吨万吨的原油放进海里，大量的海鸥粘死在铺满油污的海面上。

战争过后，夜莺重新回来，同幸存的海鸥在一起共话战争的教训。

夜莺说:"看来,对待现代的战争,像鸵鸟那样把头埋进沙里是不行了。至于想在战争中捞点什么的乌鸦,只是自讨苦吃。你们海鸥太无辜了,可知海上也并不安全。"

海鸥说:"不过,像你们那样逃跑,恐怕也不是解决根本问题的办法。"

"这是确实的!"夜莺说,"正因为如此,我才感到忧伤。海湾发生的这场战争所揭示的现实,凡是生活在地球上的任何动物都不能回避:面对这个危机四伏的世界,我们怎么办?"

骆驼的自信

许多善走的动物野鹿、黄羊、兔子、狼狗,甚至笨拙的驴子都讥诮骆驼行动迟缓,骆驼却毫不介意。

它的朋友,一匹老马问道:"为什么你对这些不感到愤怒?"

"没有什么,"骆驼说,"到我渡越沙漠的时候是谁也不会讥诮我的,我现在也就不用理会。"

"为什么呢?"

骆驼说:"我常常横过沙漠,在那些地方,连它们的影子也看不到,现在让它们说些风凉话有什么要紧呢?"

伽利略平反以后

1979年11月，罗马教皇约翰-保罗二世，正式宣布给17世纪遭受宗教审判的物理学家伽利略平反，承认对他的迫害是错误的。

平反消息发表以后，意大利《比萨时报》的记者到地府采访了仍然在那里受罪的伽利略。记者问："教皇已经给阁下平反，阁下得到这个消息有什么感受？"

伽利略回答："我已经离开那个世界三个多世纪，平反不平反都无所谓了。即使永远不平反，伽利略还是伽利略，就像地球总还是那样转，用得着管人家怎么说吗！"

"那么，阁下受了近350年的冤屈，平反以后是否良心要平静一些呢？"

"提出这样的问题太没有道理了！"伽利略说，"一个过世近350年之后还需要平反的人，他的心还有什么不平静的？良心不平静的是那些忧虑要不要给别人平反的人，而不是那些需要平反的人。中国的孔夫子比我年长得多哩，他在过世二十多个世纪以后，还被他的那些杰出的后人一时把他捧起，一时把他摔下，他有什么平静不平静的呢!"

"可阁下还在地狱里受罪啊!"记者最后表示同情说。

"这有什么,"伽利略坦然地回答,"人世间哪个有良心的哲人不进地狱呢!"

普罗米修斯的哀伤

　　普罗米修斯对宙斯说:"宙斯,天上人间的主宰!你曾经是那样地憎恨我创造的人类,给了他们那么多灾难,并狠心地把我锁在高加索的山崖上。现在请你睁开眼看看,我给予火和智慧的人类创造了多么伟大的奇迹,建设了一个多么美好的世界。他们战胜了一切艰难困苦,整个大地有哪一处不由他们占领和统治!"

　　"睁开我的眼看看?"宙斯怒道,"我叫你睁开眼看看,你创造的那些罪恶的东西在世界上干了些什么!他们把大地蕴藏的珍宝全部掏空,把山河美丽的风光破坏殆尽,他们是地球的蛀虫,把整个地球蛀得遍体创伤。他们对大自然所作的唯一的贡献,就是在整个地球上铺满垃圾,使大地上一切的生灵无法生存。睁开你那自以为是的眼看看,这世界弄成了什么样子!"

　　普罗米修斯听了大为吃惊,他打开奥林匹斯宫殿的大门向下一望,果然看到天空中凝聚着沉浊的烟雾,整个大地形容枯槁,颜色憔悴;到处肮脏不堪,连海上也漂浮着油污。人确实不少,一望密密麻麻,纷纷扰扰,就像捅开蚁冢时惊惶乱窜的蚂蚁。

普罗米修斯十分悲哀。他大声地喊道："人类啊，你们怎么弄到这个地步！看到你们这种状况，我比锁在高加索山崖上受到鹰鹫日夜啄食我的心肝还要痛苦。你们辜负了我的希望。我赋予你们的善良和智慧都跑到哪里去了？现在你们怎么办？"

但是普罗米修斯对他的创造物仍非常关切。他担心宙斯会对他们进行惩罚，如此他又回头向宙斯祈求说："宙斯，天上人间的主宰！我请求你大发慈悲，不要惩罚我的人类，他们自己已够受了！"

宙斯哈哈大笑道："惩罚？用得着我去惩罚吗？你创造他们的泥里本来就夹杂了恶的基因，他们的善良里掺杂着罪恶，他们的智慧里拌和着愚昧，因此，他们的力量在无穷的创造中也伴随着更大的破坏。他们会互相残杀，而且越来越剧烈。他们在破坏了一切之后，终归要自取毁灭。你痛苦地等着吧，那个可悲的末日一定会来到。"

普罗米修斯听了感到无比的忧愤，他大声地呼喊："人类啊，你们要警惕，不要中宙斯的恶言！你们现在还来得及！"

百字碑

终南山麓发现了一块汉碑，碑文用庄重的汉隶书写，笔力浑厚苍劲，刚好一百个字，故称为"百字碑"。

许多权威的拓碑专家闻讯而来，都希望拓下这一稀世奇珍。

第一位专家来看了，惊喜欲绝。他拓下碑文后，从碑上凿掉一个字。"从此世界上只有我拥有完整的百字碑文，再不会有第二家了。"他说。

第二位专家来拓完后，又凿掉几个字。他也说："我有九十几个字的百字碑文，世界上也不会再有了。"

第三位、第四位，以至许多位拓碑者接踵而来，也都如法炮制，拓完后就凿掉几个字。他们每个人都想到，我据有的百字碑文比后来者要多。

经过几十位专家拓碑后，百字碑只剩下一个字了。

最后一位拓碑者来看了一下，说道："这块稀世之宝，哪怕一个字也是宝贵的。我拓下百字碑的最后一个字，说不定和拥有百字碑全文的拓本同样珍稀。"

他拓下最后这个字，然后把碑上这个唯一的字凿掉了。

他们每个人手里都有一份独一无二的百字碑拓本，但百字碑本身却毁掉了！

神像被白蚁蛀蚀以后

一尊木雕彩塑的大神受到了白蚁的侵蚀。开始只侵入它的下身,到后来这神像从头到脚,五脏六腑,都被彻底蛀空。大神表面上却依然神光焕发,人们也依旧在它脚下膜拜。

判官禀告道:"大神,我感到白蚁已把我们完全毁坏了。我已听得到您和我自己体内嚓嚓的咬蛀声,您不感到贵体有所不适吗?"

"别作声!"大神说,"不要露出任何声色,要不然对我们是非常不利的。"

"要不要让人们给我们采取点什么整治措施呢?"

"绝对不行!"大神说,"任何整治措施都意味着坐在这个神台上的不再是我们。"

"那么,我们今后怎么办?"

大神叹息着说:"得过且过吧,未来的命运谁能知道?"

聪明的猴子

猴子聪明得可以模仿人的行为,像人那样行动。它们看到人从海岛运回一船船的香蕉,羡慕得垂涎三尺。

猴子们弄了一只船,仿照人的办法,把船荡到岛上,采摘了满满一船香蕉,然后向岸这边荡了回来。

绝没有想到,海上突然起了风浪,不堪重负的船剧烈地颠簸起来。猴子们一感到船出了问题,当即丢了桨,撇下舵,拼命地去抢那些香蕉。它们抢呀抱呀,你争我夺,互相推挤。船失掉了方向,漫无目标地漂荡,而且颠簸得更加厉害。毫不容情的海浪打进船舱,终于把整个船儿吞没,猴子们的喜剧也自然完结。

世纪的交接

公元 1999 年 12 月 31 日深夜，20 世纪在他的宫殿里向 21 世纪交班。

疲惫不堪的 20 世纪用沉静的声音对他的继任说："在我行令的一百年间，世界文明的发展超过了已往千年的岁月，爱因斯坦、玻尔、海森堡、霍金等人是以往未曾产生过的巨人，电力、核能成了人类效率很高的奴仆，宇宙飞船在太空中遨游，人类已经登上过月球，他们的探测器正在太阳系考察，几年以前他们严密地监视过'苏梅克－列维'对木星的撞击。未来的发展是不可估量的。老弟，我为你祝福！"

21 世纪听了无比的兴奋，他紧握着老世纪发颤的双手，抑制不住内心的激动。

"现在，"老世纪紧皱眉头，接着说，"我要向你交递本世纪一些重要的历史档案。人世沧桑，这个世界的变化是非常迅速的。在我主宰的这一百年间，发生了许多重大事件，没有哪一天不打仗。最使我回想起来都未免心惊肉跳的是发生了两次把整个世界拖了进去的大战，吞噬了上亿人的生命，还有几百次大大小小的战争，使这个世界未曾有过一天平静。"

"这些事都已成为过去,"新世纪安慰那无限伤怀的前任说,"让历史学家去总结吧,现在请您安息!"

"历史学家?"20世纪愤愤地说,"他们就知道撒谎!别提他们吧,我还有许多重要的事情要交代。"

"请您吩咐吧!"

老世纪忧郁地说:"我留给你60多亿人口,他们中间争气的很少。每年有十几亿人要挨饿,但他们的繁殖能力并没有因此减弱。这个地球已不堪重荷,遍体创伤,地下的宝藏被掏掘殆尽。你的麻烦多着呢,整个地球已没有一片干净的土地,滋生的病菌将难以控制;连阿尔卑斯雪山上的空气都污浊不堪,南极上空臭氧层的空洞越来越大,地球上许多可爱的生物不幸灭绝。对啦,几个大洋亟须净化,要不然海洋生物就无法生存。你还千万不要疏忽,那些自作聪明的人们制造了35万颗核弹,它们是随时准备爆炸的。我担心会再来一场更大的厮杀,人这种东西就有这么可恶。老弟呀,你可绝不能掉以轻心,我希望这个可怜的世界不要在你手里毁灭。"

21世纪听了,陡然脸色惨白,全身震颤,他没想到他继承的是这样一笔遗产。但他已来不及回答,时间不允许他有任何犹豫,他不得不用颤抖的双手,拿起撞槌,撞响新世纪到来的钟声。悠悠的钟声里,充满着希望,也充满着忧虑。

蝗 岛

非洲大陆经常发生蝗灾，蝗虫是如此之多，不仅庄稼全部遭殃，连所有绿色的植物都被啃光，后来它们无法生存。不知道是上帝的旨意，还是自然的本能，北部非洲的蝗虫竟然会飞越地中海，到欧洲去觅食求生。

一批一批的蝗虫飞了起来，像乌云一样遮天蔽日，向北方进发。地中海毕竟太大，蝗虫们无法一飞渡越。中途，飞在最前头的蝗虫身不由己地落进了大海。前头的一落下，后头的跟着下落。数以亿万计的蝗虫落入海里，即使汹涌的海涛也未能把它们一下吞没，顷刻之间就在海上积成一个蝗虫岛。后来的蝗虫就在这岛上歇息，啃它们同伴的尸体充塞饥肠。经过短时间的休整，岛上面的蝗虫继续起飞，而成为岛屿的蝗虫最终被海涛冲散，沉入深深的海底。

造岛的蝗虫被淹没得无踪无影，利用蝗岛的蝗虫却在新的土地上疯狂地繁殖，泛滥成灾。谁也说不清楚蝗岛是壮举还是悲剧。

被释放的猴子

峨嵋山一处摄影点,老板从山里捕捉了一只猴子来陪照以招揽顾客。猴子蹲在一根高 1.5 米的柱子上,脚上系了一根链条。它无法动弹,链条只有 30 厘米长,如果它跳下来,它就倒吊在上面了,因此它必须永远蹲在那儿。它的尊容被摄进了无数的照片,同娇美的太太、潇洒的绅士和天真活泼的孩子为伴,然而领略峨嵋山风光的兴趣同它却是无分的,它不过一个柱子上的囚徒,严寒酷暑,日灼霜寒,它都只能在那儿忍受煎熬。

此事被世界野生动物保护协会发现了。协会认为这是虐待动物,要求老板释放这只猴子。老板认为这是他养的牲畜,别人无权干涉。经过激烈的争执,老板提出除非他们出钱赎出这只猴子,要不他就继续这样经营。协会没有办法,只好接受老板的讹诈,用 300 万元的高价赎下这只猴子,让它返回山林。

当链条解开以后,猴子用惊疑的眼神望着这些陌生人,它不知道发生了什么事。人们送了它一挂香蕉、一把花生米,示意它回山林里去。他们还放了一挂很长的鞭炮,来庆祝它的解放。猴子摸摸它的被链条磨光了毛并且流着血的小腿,一颠一跛不好意思地走了。到了山林深处,它长叫了几声,不知道是悲哀还是高兴。

人们散了,山里恢复了平静。那天晚上,获得全胜的老板自然睡得香甜。黎明时分,听到窗外有什么动静,老板开门一看,发现那只猴子又规规矩矩地蹲在原来的柱子上。

——经过长期驯化的奴隶,要使他们重新获得自由与尊严,也是谈何容易!

诸神的祝愿

当人类的母亲女娲把第一个孩子创造出来以后,山河大地都为之欢呼,整个天地都辉煌了。女娲非常喜悦,她邀请诸神来参加汤饼会。许多神都请了,唯独复仇之神没有请。因为那女神的心很恶毒,女娲不愿惹她。

汤饼盛开,上帝十分高兴,他对诸神说:"这个可爱的创造物就叫作'人'。今天我们每位神都给他一句祝愿,我将使你们的祝愿全都兑现。我先说——幸运的人呀,你的子孙将主宰这个世界!"

智慧女神说:"你的子孙将充满智慧,他们在世界上的创造将比上帝还多。"

力量女神说:"你的子孙会有无穷的力量,世界上没有任何别的动物可以同他们匹敌!"

爱恋女神说:"你的子孙将互相爱护,这个世界将充满爱。"

谁都没有想到复仇女神偷偷地钻到了幕后,就因为没有请她,她是特地来复仇的。爱恋女神话音未落,复仇女神突然冒了出来,大声叫道:"这个世界将充满仇恨,可恶的东西,他们将互相残杀,永远不得安宁!"

人和公驴

最初,上帝在同一天创造了人和公驴。两种动物本来是平等的,并无高下的差别。由于上帝的一种兴趣,他在创造各种动物的泥里,加了不同的佐料。在创造人的泥里,他加了智慧和狠毒,而在创造驴的泥里却加了愚蠢和驯服。这样,就在两种动物中种下了差别的基因。

人建造了房子,过着较为舒适的生活,驴子却不会。

人对驴子说:"住到我这儿来吧,我给你嚼干草。"

驴子感激不尽。

"不过,你得给我拉车,给我作为坐骑。"人说。

驴子认为那是理所当然。

"你不得偷懒,如果你敢发犟,我就抽你的皮。"人说。

驴子觉得也不过分。

驴子长大了,后来它无缘无故地烦闷,觉得似乎有某种需要。

人发现了,说:"看来需要给你动点手术。"

驴自然服从。如此人把驴子阉割了。驴子尽管很难受,但它还是相信,这肯定是非常必要的。

他们非常协调地生活下去,年年月月,月月年年。

终于到了时候,人对驴说:"辛苦了,伙计!我得给你一个归宿。"

驴洗耳恭听,欣然从命。

他们驾了一部车子,人坐在车上,让驴子拖着,说:"去这一趟,你拖着我,回来时我再拖你。"

这无疑是非常公平的。他们出发了,目的地是驴马的屠宰场。

人和驴子的第一出戏就这么结束。这种关系就成为后来他们世世代代相处的固定模式。如此,既有智慧又狠毒的人就成为人,只有一味温驯地服从的驴子就成了畜牲。

冰人之死

1940年夏天,登山者在阿尔卑斯的雪沟中发现一个冰人。经过研究,断定冰人不是现代登山的失足者,而是5000年前的古人。冰人被运到巴黎。研究者们惊讶地发现,冰人的肌体和内脏都完好无损,他在冰雪中5000年处于休眠状态。经过科学处理,冰人竟慢慢地苏醒了。

奇迹震动了战火中的欧洲。巴黎科学院成立了两个医疗组:一个肌体治疗组,负责治疗冰人的器官;一个心理抚慰组,负责稳定冰人的心理。人们希望他能适应现代社会的生活。

肌体治疗组取得了很大的成功,冰人的各种官能逐步恢复。只是呼吸迫促,因为世界上已没有5000年前那种清新的空气,冰人受不了20世纪空气的污浊。

心理抚慰组却遇到了极大的困难。随着感觉和意识的逐步恢复,冰人对现代的一切都产生抗拒。他无法理解政治,绝对地厌恶战争,对现代的各种观念都无法承受。他认定5000年前的大地无比的美丽,现在却遍地疮痍;5000年前人类共同对付野兽,现在却互相残杀。他认为:"一个理智的人在这样一个世界是无法生存的!"他恨人们把他从阿尔卑斯的冰雪里震醒,在寒彻骨髓的冰雪中他可以安息5000年,而在这个火烫的社会里他简直活不下去。

　　冰人的意识愈是清醒,他的抗拒心理也愈加强烈。那年五月,希特勒进攻法国,法国人把冰人转移到瑞士去,因为那里最为安全。动身的时候,冰人的理智已完全恢复。等汽车到达日内瓦,人们发现,冰人已经死了,永久地彻底地死了!

春天岛

1521年春天,麦哲伦率领他的船队在太平洋上航行的途中,发现了一个小岛。经过同惊涛骇浪许多日子的搏斗,看到这个小岛使他们由衷地高兴,他们可以在这儿稍事休息。

船队在一处海湾里停泊,麦哲伦和他的战友走上小岛。岛上长满了各种植物,许多几丈围的大树密布全岛,树上牵满了各种藤类,漪漪的绿竹在水边临风摆动,一片青葱,简直是一个绿色的海洋。时令正当春半,岛上的植物开满了各色美丽的花朵,蝴蝶和蜜蜂在花丛中飞舞。清风吹来,烂漫的花片漫天飞起,散发出馥郁的芳香。春天对这个小岛好像特别钟情,麦哲伦从来没有看到过如此美丽的春光,因此他把这个小岛称为"春天岛"。岛上的小溪流水潺潺,晶莹可鉴,水手们喝到了清甜的溪水。但他们不敢远行,因为岛上没有道路,地面布满了各种藤子,很难行走。欣赏惊叹之余,他们仍只能回到船上。

入夜,麦哲伦坐在甲板上。一轮明月从海上升起,清亮的光辉洒满大海,也洒满小岛。海上的波涛也平息下来，世界一片宁静。夜深，从岛上袭来阵阵的花香，也听到树林中夜游的动物在活动。他们美美地睡了一晚。黎明，麦哲伦听到岛上各种鸟儿都唱起歌来，组成一支清新悦耳的乐曲，它们在迎接朝阳。麦哲伦非常惊讶，岛上应该有各种野兽，而这些可爱的鸟儿却可以在这儿自由自在地生活。动物们在这个世界上原来是完全可以和平共处的。

船队在春天岛畔停泊了两天，他们不得不依依不舍地告别这个美丽的小岛，继续他们的航程。

几百年过去了，海上的交通日益发达，世界变得越来越小，春天岛也无法隐藏在波涛万顷的海上了。人们不断地来到这里，掠夺岛上的财富。树木被砍光了，各种奇花异草、珍禽异兽被劫掠一空，地下能挖掘的东西也全被掘走。植被全部剥掉了，海上的暴雨把泥土冲刷干净，春天岛只剩下光秃秃的岩石，像一堆死寂的骷髅。到了20世纪70年代，有个大国在太平洋上进行核试验，春天岛受到强烈的核辐射，连岩石缝隙中的蜥蜴之类的小动物也被彻底消灭，海上的鸥鸟也不再来这儿停留。春天岛变成了一个死亡之岛。

啊，但愿春天岛不要成为我们可爱的地球的缩影！

森林公园的故事

在遥远的古代,非洲亚尼肯国王萨博一世祈求上帝赐予他最美丽的动物,来充实他的森林公园。上帝给了他一对梅花鹿。

萨博嫌少,说:"两只太少了,能否多给一些呢?"

上帝说:"你的园里会有很多梅花鹿。"

森林公园的环境非常适合梅花鹿生长,它们飞快地繁殖,不到十年,公园里就有了几百只,又过了十年,梅花鹿已泛滥成灾。它们吃光了所有的灌木和青草,又啃树皮,没有树皮的树便枯死了。森林濒临毁灭的危险。成千上万的梅花鹿没有东西吃,饥饿威胁着它们的生存。

萨博又祈求上帝拯救这些可爱的动物。上帝给了他一对狮子。萨博大吃一惊,因为狮子会吃掉梅花鹿,便说:"我的上帝,请您拯救梅花鹿,可不要把它们消灭掉呵!"

上帝说:"别担心,你的梅花鹿会得到拯救。"

狮子吃掉了大量梅花鹿,让公园的草木重新繁茂。而梅花鹿的繁殖能力比狮子强10倍,因此狮子永远不会消灭它们。森林公园又恢复了生机,直到现在。

狮子和梅花鹿如此强弱悬殊的对立,却形成了不可分割的相互依存,这是上帝创造的奇迹。

兔子哲学的终点

"以量胜质",这是兔子生存哲学的原则。

"我们兔子家族,论斗争本领是弱者,但论繁殖能力却是强者。我们受虎狼狮豹的欺凌,会不断发生个体的悲剧,但我们的群体永远是兴旺的,比虎狼狮豹加起来还要多一万倍。"兔子家族的首领们世世代代用这种生存理论教育它们的同胞,以加强它们的自信力。

"我们最大的本领是适应环境。冷,我们把毛长厚一点;热,我们把毛长薄一点。让大野兽们去吃肉,我们只啃草叶,没有草叶了刨点草根也可以维生。进不了高岩深洞,我们在原野里打个地洞就行。反正哪儿我们都能生存。"这是兔子们具体的生存方式。

兔子们就信仰这样的哲学,在地球上繁衍了几万年,兴旺发达。

但是,世界在改变。能够供兔子们打地洞、吃草叶的原野越来越少,甚至彻底萎缩,它们将被迫挤进强者的领地,在它们根本无法抵御的强牙利爪下讨生活。

兔子们,你们的哲学还适用吗?今后你们将怎样生存?

塞万提斯的逸闻

塞万提斯创作了名著《堂吉诃德》,一举震动了欧洲。法兰西的文学青年组织了一个访问团,专程到马德里去拜访这位伟大的作家。他们好不容易找到塞万提斯的住处,看到的情景使他们大吃一惊:塞万提斯住在一个破烂不堪的走廊的楼梯下,走廊是两侧居民生炉子做饭的地方,烟雾呛得人不能呼吸。塞万提斯的邻居有五个女人经常吵架,每天吵得人不得安宁。

这些法兰西青年看到后非常气愤,他们向西班牙政府提出抗议:"你们怎能让这位伟大的作家过这样的生活?"

接待这些青年的西班牙官员对他们说:"年轻人,你们不懂。这个家伙只能这样过,如果让他过好了,他就再写不出作品来了。"

创造吉尼斯纪录的猴子

一只西双版纳的猴子到瓜田里去偷西瓜。没想到它发现了奇迹,绿荫深处有个直径达 1 米,重量不下 100 公斤的大西瓜。猴子高兴得手舞足蹈,在西瓜上跳过来跳过去,那西瓜纹丝不动。

聪明的猴子想到,这个西瓜之大在世界上绝无仅有,它的发现肯定创造了一项吉尼斯世界纪录,它简直乐翻了天。

"有了!我把这个西瓜吃了,吃世界第一大西瓜的荣誉便绝对属于我了。"它在西瓜上剜了一个洞,掏出瓜瓤来吃,那味道清甜无比。可惜吃不到 3 公斤,肚子就胀得鼓鼓的了。它鼓足劲头,尽量地吃,可西瓜好像一点也不减少。看来要吃掉这个西瓜似乎不大可能,创造吉尼斯纪录原来并不容易。眼看到手的荣誉要滑走,它感到非常沮丧,伤心地哭了。

一只八哥飞来,问猴子为什么悲伤。猴子把缘由说了。八哥说:"朋友,不必难过。你第一个剜破了大西瓜,已经很不简单。这个大西瓜再也不会长了,它毁掉了。这就是你的成绩,破坏者是和创造者同样伟大的,你已经创纪录了。世间荣誉就像财富一样，没有必要都去占尽。你还是抱着肚子回去吧！"

猴子觉得八哥说的也有理。它回头走到半路，想到它的业绩算不算创造了吉尼斯纪录还是犯疑。再说这么甜的西瓜让给别人，它还是不甘心。猴子断然返回，把西瓜上的洞口扩大，干脆钻了进去，在里面吃。他觉得为了名震天下，即使拼掉这条猴命也值得。它躺在里面死命地啃。

几天以后，种瓜人来了。他大为惊骇，从西瓜的破口里拖出一只湿漉漉、滑溜溜、早已胀死了的猴子。这只猴子大概死而无憾，它是第一只胀死在西瓜里的动物。这也是一项惊人的世界纪录，足以告慰这位英雄在天之灵。

——用不着讥笑这只猴子，为了独自享受各种"西瓜"而胀死了的动物，世界上到处都是。

渡越塔里木沙漠

老骆驼再一次渡越塔里木沙漠。

淡淡的星光,照着苍茫的旷野。夜,如此的和谐,如此的安静。风停止了吹拂,茇茇草纹丝不动。阒寂无边的沙碛,仿佛听得到静的声音。深邃的苍穹高拱在沙海上,大漠向四周伸展,直伸向无垠的天的尽头。天和地组合成一个完美无缺的境界。天边的地平线上,不断有星星慢慢地冒出,慢慢地升起。

老骆驼迈开沉着的步子,一步一步地前进。它习惯地高擎起脖颈,半闭着微茫的眼睛,紧紧地盯着前方。脖颈上的铃铛,它自己悠悠地晃着,也自己悠悠地听着。那单调的音乐,在静谧的夜里特别的清脆,同它的步伐合着均匀的拍节。它一摇一晃地走着,恍惚进入了梦境。它想着漫漫无际的长途,想着艰难跋涉的岁月。它想起沙暴袭来的时候,它蜷伏着身子,任狂沙一浪一浪地泼来,一层一层地堆在它身上。乌封黑暗,风沙怒吼,遮蔽了天日,混蒙了宇宙。沙暴过后,它又重新站起,抖落满身的尘沙,不顾砾石击伤的创痛,重新走上征途。它想起饥饿难耐的日子,喉咙像火一样的焦灼,胸腹绞痛得非常难受，它知道此时唯一可取的方针就是坚持，再大的苦痛也必须坚持。当一片绿洲终于在远方出现，它得到了极大的鼓舞，在那里可以喝到甜美的清泉，吃到尚未枯黄的水草；必要时苦涩的红柳、长满了刺的沙棘也可以充饥。一颗流星从空中泻落下来，把世界照得通亮，瞬息之间又熄灭了，使沙原突然显得更加幽暗。老骆驼这才警醒过来，小心地辨认道路和方向。

　　老骆驼就这样向着远方的目标独行踽踽地前进。没有人了解它的辛劳，更没有人理解它的寂寞。当黑夜慢慢隐退，黎明在天边出现，像往常一样，它发现面前又是一个新的世界。啊，它多么希望有人同它共享此刻的欢愉！

上帝和人

命运之神询问上帝:"在外表上人和你非常相似,你和他们之间的差别在哪里?"

上帝回答说:"我用泥土塑造成为人,然后让自己的创造物通通向我膜拜;人用泥土塑造成为神像,然后全都匍匐在自己创造物的脚下。"

猴子窥井

猴子走到一口水井边，发现井水像镜子一样明净。它伸长脖子向里面觑了一下，看到自己的影像：龇牙咧嘴，两只贼眼忽悠忽悠地转动，一副毛茸茸丑陋的嘴脸。

猴子很生气。"该死的！怎么把我照成这个模样！"它尖叫着，当即搬起一块石头，对着井口砸了下去。扑通一声，砸起了满井的波澜。

过了一会儿，猴子想检验一下它的壮举的效果。井水很快恢复了平静，还是像镜子一样，里面照出的猴子尊容，仍然是一副毛茸茸丑陋的嘴脸，两只贼眼忽悠忽悠地转动，龇牙咧嘴。

人与恐龙

很久很久以前,在一片时间的荒原和空间的荒野上,正在文明迈步的人类遇见了奄奄一息的恐龙。

人根本瞧不起这种过了时的庞然大物,说:"可怜的恐龙,我看你们就要灭种了,你们空有偌大一副身躯,上帝却没有给你们一个智慧的头脑,没有什么创造力,一旦世界发生变化,你们就只能坐以待毙!走吧,再伤心留恋也没用,你们的时代已经结束。你们的灵魂到了天上以后,顺便给上帝捎个信,告诉他,未来的世界归人类统治,叫他放心好了。"

"你说的大概是事实,"恐龙叹了一口气,说,"我们对付不了自然的巨变。善良诚朴的恐龙灭绝了,这个世界将永远感到遗憾。我会报告上帝的,我将告诉他,他又做了一件蠢事,给了人类那么多的智慧,人类却用来破坏这个美丽的世界,用来残害所有别的生灵,而且还用来自相残杀,人类最终会用自身的智慧和创造毁灭他们自身。聪明人,不要太得意了,你们的结局将比我们更惨!"

——人类需要特别警惕,不要让恐龙的预言成为事实。

青蛙世界

青蛙下起子来无所控制,一窝就是好几百。蛙子很快发育成蝌蚪,蝌蚪又很快变成青蛙,成熟的青蛙再继续下子。周而复始,绵绵无穷。

池塘里挤满了青蛙。

一只悲观的青蛙说:"怎么办,我们繁殖得这么快,住到什么地方?"

一只乐观的青蛙说:"别担心,你只考虑自己占据一个位置,别的青蛙让它们各自去想办法。"

"但我们吃什么呢?"

"吃一切能吃的东西。"

"如果没有别的东西了呢?"

"那就吃青蛙吧。"

"吃我们的同类?"

"当然,这有什么可说的呢!"乐观的青蛙说,"你是强者,就吃别的青蛙;你是弱者,就让别的青蛙吃掉。在青蛙世界里,生存的规律就是如此。"

真理的雕像

　　一尊真理的雕像赤身裸体矗立在大地上，无数渊博的学者围着他进行探讨，发表了许多高明的见解。

　　这尊雕像不知在那儿站了多少年。有一天，天使出现了，告诉他：上帝嘉许他的表现，给予他三天时间成为活的实体，去参加学者们的活动。

　　雕像高兴之至，兴高采烈地去了。

　　三天之后，雕像重新站在那儿。天使惊讶地发现：同学者们混过一阵的真理，一脸的迷惘，身上裹了厚厚的一层遮羞布，再也看不到他的本相了。

猴子军团

古罗马的皇家宫苑畜养着一支猴子军团,成百上千的猴子养在一个封闭的大院里,训练它们列队操练,分队进行搏斗。当然,这个军团并不用于战斗,而是用来表演,供人们取乐。

进入军团的猴子全是公的。每只猴子捉进来后,都要进行阉割,并且斩掉尾巴,使它们训练起来专心致志,免得胡思乱想。阉了的猴子从此变得驯服,也没有尾巴可翘了,训练起来非常听话。

特别耐人寻味的是,这种阉割的入团规矩,开头由人来执行,到后来就由那些先来的猴子们代劳了。每只新来的猴子一塞进来,猴子们就一拥而上,把它按倒在地,动作索利地先把尾巴斩掉,然后把它阉割。阉割肯定非常疼痛,被阉的猴子又蹦又跳,双手按着自己流血的创口,发出凄厉的惨叫。猴子们却围着它狂欢跳跃,兴高采烈,欣赏它们的新伙伴痛苦而滑稽的"表演"。每只进入军团的猴子都经受过这一规矩带给它的痛苦,但每只猴子又都参与执行这种规矩来对待它们的新伙伴,并从中得到极大的乐趣,一代接着一代。猴子军团存在多久,猴子阉割猴子、斩掉猴子尾巴的规矩就持续多久。

——时间和惯性会使奴隶们精神麻木,即使是最残忍的事也会当作正常行为传承下去,没有谁感到奇怪。

主权新论

狮子到野鹿的园地检查安全,并宣布它将长期驻守在这儿维持秩序。

狮鹿之间的矛盾不可避免。

鹿说:"各有各的领地,大王确实是强有力的,但也不能侵犯他人的主权呀!"

"领地!主权!"狮子冷冷地说,"看来你还很有学问,什么时候学会了这么多新名词!"接着狮子忽然改变声口,狠狠地吼了起来,"可是你忘了一个基本的事实:这是野兽的世界!什么叫主权?我能吃掉你,这就是主权!"

狮子如此理直气壮地行使了它的主权。

科尔纳草原

科尔纳是一个美丽的草原。在她兴盛的年月,春风荡漾着鲜嫩的绿草,泛起一层层均匀的波浪;色彩缤纷的鲜花在旭日下呈现它们艳丽的芳姿;成群的蜂蝶在花草间翩翩飞舞。天上的飞鸟,地面的鹿群,经过这儿都无不为之心醉。

细心的人们会看到,有一种躯体不大的老鼠在鲜花绿草间穿来穿去。这是有名的科尔纳老鼠,它们在草原里挖掘洞穴,啃食花蕊和草实。在开头一段时间里,草原会受到破坏,但整个草原还是挺得住的。老鼠们疯狂地繁殖,几年之后便遍地都是老鼠,花蕊和草籽无法满足它们的食欲,它们便啃食整个草株;草茎吃完了,就翻掘地表,啃食草根。草原被翻得坑坑洼洼,遍体疮痍,无处不是老鼠的洞穴。为了抢夺地盘,不同族类的鼠群便进行争战,白天黑夜到处看到鼠群殊死地搏斗,发出嘶嘶嘎嘎的惨叫。

这种残酷的斗争发展到顶峰以后,草原忽然沉寂了,到处狼藉不堪,一片荒凉。

老鼠们哪里去了?如果人们愿意,不妨翻开那些洞穴看看,会发现每个洞穴都有老鼠腐败的尸体,饥饿和病疫使它们面临灭顶之灾;偶有活着的也都奄奄一息,等待着上帝对它们的惩罚。

草原沙化了,狂风卷起沙尘,把原野重新荡平。残存的草籽又发出嫩芽,阳光春雨,使它们又在草原里繁荣起来,逐渐恢复往日的风姿。

但老鼠们也没有灭绝,趁着草原的逐步恢复,它们也慢慢地孳生,并逐步增多,随之而来的又是疯狂地繁殖。草原如此进入下一度由兴盛到衰败的轮回。

——但愿地球上最具智慧的人类不要成为科尔纳老鼠,不要让这个美丽的天体成为科尔纳草原!

两堵柏林墙

第二次世界大战结束后,苏联和美、英、法分别占领了德国东西两部分,如此出现了东、西两个德国,柏林也一分为二。1961年东德在东西柏林之间筑了一道坚固的钢筋混凝土高墙,隔断两边人们的来往,这就是有名的柏林墙。

真是"三十年河东,四十年河西",1989年东欧剧变,几个月之间,苏联扶植的傀儡政权全部垮台,两个德国也宣告统一,耸立了近30年的柏林墙因而被推倒。有位法国收藏家动了心思,他觉得柏林墙很有历史价值,就把拆零了的柏林墙一堵一堵地收藏起来。

15年后即2004年初,以色列沙龙政府在巴勒斯坦修建隔离墙,为了借鉴,就从法国收藏家手中买了两堵柏林墙,作为样板,用大船运回以色列。

船过地中海,有一堵墙忽然悲从中来。"我们都干了些什么!"它说,"我们曾经阻断东西柏林人们来往近30年之久,好不容易盼到结束这种罪恶的使命,现在又让我们去隔断以色列人和巴勒斯坦人,这是我们的耻辱。将来巴勒斯坦隔离墙推翻的时候,我们还不知道又会被运到哪儿去!与其老是干这种可悲的事,我还不如跳到地中海里去!"

说罢,它一翻身滚下海去,沉入深深的海底。

另一堵墙却不以为然。"我活得好好的,为什么要跳到海里去!"它持完全不同的观点,说,"我们在柏林创造了历史记录,我还要到巴勒斯坦去创造新的记录。我们横在那儿,阻碍了谁和谁的来往,对谁安全不安全,耻辱悲哀,那是人的事情,不干我们的事!人世间没有这样的墙,就有那样的墙;今天在这里被推翻,明天又会在那儿筑起。什么时候看到过人类会互相关爱,和平相处?我们担什么心!"

猴　捕

非洲猴子海岸有一列岩峣的山脉，面海一侧悬岩陡壁，背海一边万壑千峰，上面树木苍郁，山果琳琅，是猴子生活绝好的环境。有许多猴子群落，常年活跃在这儿的崇山峻岭、青林绿树之间。正是这个原因，这里被称为"猴子海岸"。

这儿的猴子特别狡黠矫捷，欧洲的马戏团看中了它们，纷纷来捕捉猴子供他们戏耍。也有贪婪的猴脑嗜食者收买猴子杀以取食。大多数猴子先在马戏团"供职"，而后成为美食家的佳肴。如此出卖猴子便成为猴子海岸重要的经济来源。

但捕捉猴子并非易事，无论用机械还是用猎枪都会使捕到的猴子受到伤害甚至丧命，而且即使如此也很难捕到。一位聪明的酋长想出了一个绝妙的办法：他驯养了两只强健的猴子，成为特殊的"猴捕"，让它们去捕捉自己的同类。由两位猴捕一次去抓一只猴子轻而易举。每抓回一只猴子，酋长就用它们最爱吃的食物奖赏它们，还让它们喝酒，给它们服兴奋剂，来刺激它们的积极性，使它们更加凶狠。没有猴捕越不过的高崖深涧，没有猴捕攀不上的绝壁险峰,也就不愁抓不到猴子。

猴子海岸酋长国生意兴隆,一船一船的猴子源源不断地运往欧洲,年复一年。欧洲对猴子的需求量越来越大,猴子海岸的猴子却逐年减少。终于最后几只猴子也抓完了。

两位猴捕立下了汗马功劳,现在它们已无所事事。聪明的酋长动了心思,以 10 倍于其他猴子的高价把两名猴捕也卖了。

——当两位出色的猴捕蹲在航船的笼子里,回望它们曾经逞够威风的青峰绿岭,它们悲哀地号叫着。航船很快地开走了,没有人知道它们后来的命运。

狗 奴

湘西寅山有个寅山大王庙,庙建在岩岩危石的山岗上。每年正月十八日寅山大王的生辰,寅山都要举行隆重的祭祀。最重要的一着,是主祭司牵着他的狗爬上山岗,将狗在祭台上斩首,让狗血喷洒在神像前,祈求大王保佑一方平安。

主祭司3年一改选。当地凡有资格入选主祭司的人员都预先养了一头狗以备献祭。清朝末年,第73代主祭司养的狗,名叫狗奴,特别的灵巧而又驯顺。狗奴总紧跟在主人的身后,主人如果丢了东西,狗奴会立即衔了起来。主人做任何事情,狗奴都守在身边,帮助管理工具或各种物件,保证一件也不丢失。

狗奴对主人极其忠诚。任何时候,只要喝一声"狗奴",狗奴立即应声便到,摇着尾巴,高兴极了。

同治八年(1869年)正月,寅山大祭。主祭司在万众欢腾中携带狗奴爬上山岗。他把狗奴按在祭台上,举起砍刀正要砍下去,不料他的手一抖,砍刀掉了下来,随即叮叮当当掉到山岗下去了。再一回头,狗奴也不见了。主祭司这一惊非小。祭祀不恭,得罪大王可不是小事。

主祭司跪下来连连祷告,并诉说一向安顺的狗奴,今天竟敢逃跑,一定要抓了回来,斩首喷血,向大王请罪。

尊敬的主人,不用去抓,狗奴回来了。原来狗奴一听到砍刀掉下去了,立即跳下祭台,非常敏捷地跑下山岗,把砍刀衔了上来,送到主祭司的手里;然后自己仍照主人原来按它的姿势乖乖地匍伏在祭台上。

—— 据说寅山地区的狗都有这样的特性,它们灵巧之至,驯顺之极,却不知道自己有着怎样的命运!

老黄牛斗倒了豹子

老黄牛听说有豹子来到了山里,非常恐惧。它不敢到山谷里去吃草了,便跑到山顶上去。不料豹子恰好在那儿,向它猛扑过来。老黄牛吓慌了,一种自然反应,让它一头抵去,竟然把豹子抵到山崖下去了。

树上的喜鹊看到了这一幕,大声喊道:"老黄牛,真勇敢!"

"勇敢什么呀!"老黄牛说,"我都恐惧极了。它被抵下去了,我自己也不知道是怎么回事。"

喜鹊说:"现在你可明白了,你不恐惧,对付豹子就更有把握了。"

——恐惧,最可怕的是"恐惧"本身。在任何险恶的情况下,如果不恐惧,胜利的机率会大得多。

皇帝龙舞

世界各国历朝历代的皇帝，不管他们英明勇武，还是腐朽荒唐，死后他们的灵魂都进入了地狱。皇帝是如此之多，以至地狱里羁押皇帝的监牢鬼满为患。

有一天，阎王爷前来巡视，皇帝们叫苦连天，说他们没有尽头地待在地狱里，何时才有出头之日？如此沉闷地挤在一起，哪怕让他们有点活动也好。

阎王爷说："那好，你们都自命龙的家族，我让你们组织一次龙舞吧！"

规矩是这样的：每个王朝一条龙，由开国的皇帝舞龙头，第二代皇帝舞第二节，第三代皇帝舞第三节，如此类推，到最末的皇帝舞龙尾。一个王朝有多少代皇帝，那条龙就有多少节，因此传代多的王朝那条龙就长，传代少的那条龙就短。

在一个大广场上，给每个王朝画一条跑道，皇帝们舞着龙同时出发，哪个王朝的龙到达终点，这个王朝的皇帝就脱出地狱，升上天堂。

这给皇帝们带来希望，谁都相信他们很快就可以上天堂了。

比赛开始，一声令下，几十条龙同时出发。四周锣鼓喧天，成千上万的鬼魂齐声呐喊，把整个地狱都要震垮了。但结局令人沮丧，每个王朝领头的开国皇帝倒大多是英雄汉，舞得很起劲，后面跟着的却尽是窝囊废，没跑几步就倒下一个，再跑几步又倒下一个，连倒几个那条龙就拖不动了。时间一到，没有一条龙达到终点。

阎王爷叹息着说："唉！几千年来就由你们这样的货色统治着世界，可以想见这个世界是什么样子！"

唐古拉山的石佛

唐古拉山的一处山谷里，矗立着一块肖形巨石，俨然一尊佛像，浑厚朴拙，显得瑰奇宏伟。

长达百里的峡谷，山路曲折，林木幽深，有多处险恶地段，谁进去都会感到恐惧。如此人们祈求石佛的保佑。他们向石佛膜拜，在它面前烧柏树枝，洒青稞酒。大佛前面的石板被膜拜的人们磨出了一条深深的槽。拜过石佛，人们就获得了力量，产生了勇气，也就无所畏惧地通过这个幽长的峡谷，去从事他们各自的营生。

石佛被香火熏得黧黑秋苍，雨雪又给它冲洗干净，在晨光或夕照中，依然闪射出熠熠的光芒，与遥远的雪山相映生辉。它矗立在那儿，一个世纪接着一个世纪，一千年又一千年。它给世世代代无数的人们那么多坚定的信念，使他们的心灵感到充实，得到安宁。其实石佛自身却浑然不觉。鸟儿们常常在它头上停留，把粪便拉在它的脸上，它也毫不介意。它不过是一块石头。

——它确实是一块石头，但它发挥的作用也是确实的。

斗 鸡

斗鸡的生活比一般的鸡好得不可比拟，连喝的水也是高级饮料，吃的更是玉粒金镕噎满喉。

斗鸡一进入斗场，就都斗志昂扬：伸长脖子，耸起颈毛，恶狠狠地盯着对方。它们从不管同对方有无仇怨，为什么要斗个你死我活，反正彼此都紧紧盯着，跳了起来，瞄准对方的要害啄了过去就是。奋战之际，观者如堵，欢声高沸，它们也就斗得更加卖劲。苦斗的结果，往往摧毛铩羽，鲜血淋漓，有的连眼珠都被啄掉了。

失败者垂头丧气，胜利者自然得意洋洋。其实即使是胜利者也是一脸的创伤，而且最终都逃不掉失败的命运。

一只名贵的斗鸡价重连城，但没有一只斗鸡想过，它们不过是一种赌具，为满足赌徒的贪欲而互相残杀。

伊索与库普罗斯

伊索穷得只能行乞度日了,他无意中走到了大财主库普罗斯的门口。

"呵呵,"库普罗斯叫了起来,"这不是大名鼎鼎的伊索先生吗?喂,伊索,你这是自讨苦吃,我叫你帮我来记账,至少可以混口饭吃,现在弄成个什么样子!你要去思考什么哲学,搞什么文化创造,你创造什么来着,我都忘了?"

"忘了好,"伊索说,"你没有必要记住它。"

库普罗斯说:"你这种人,什么事也做不成,也不想把日子过好一点,只要什么名气。我说,伊索,人生短暂,世界却是无穷无尽的,再大的名气也没有意义。像我这样该有多好,美酒佳肴,吃得饱饱的,有漂亮的姬妾陪伴,比你那些哲学、那些创造,不好得多嘛!"

"也许是,"伊索说,"名气确实是没有意义的,这点你说对了。我想说的是,蚂蚁大概不作什么哲学思考,也无所谓文化,从古到现在总在地上爬来爬去。如果人类从来没有任何哲学,也不创造任何文化,都像阁下一样,只是胀饱肚子,每天呼呼大睡,那么人类大概到现在也只会像蚂蚁一样,在这个世界上爬来爬去!"

大树雕成的神像

一棵特大的树,被人们物色来做一尊神像。

人们先把它砍倒,举行了开工仪式,作了祷告,在它身上披了红,浇了酒。当这树知道自己将被做成神像时说不出多么的高兴。大树被锯断了,剥了皮,用板斧砍成粗大的模型,然后进行雕琢。这个时候,对它是没有什么尊严可讲的,有的人骑在它的头上,有的人蹲在它的腹部,一斧一斧地砍,一刀一刀地削,再慢慢地雕了又雕,琢了又琢。这像胚得忍受千刀万凿的痛苦。到木像成型以后,再一层一层地涂饰油漆,敷上金粉,风干以后,神像就做成了。

当神像被抬进神庙,竖在大殿上方以后,它可够神气了。万千的信众在它的下面磕头膜拜,镇日里鸣钟击鼓,香烟缭绕。神像说不尽多么的荣耀,它高高在上,目空一切,对人们的祈求一概不用理会,而人们仍然在它的下面感激涕零。

日复一日,年复一年,这木头神像老化了,枯干了,并逐步腐朽,脸被熏得黢黑,金粉渐渐剥落,它再没有一点儿生机。神殿里震耳欲聋的喧嚣,呛人窒息的烟雾,却永远没有尽头。神像即使腐朽了，人们也是要向它磕头的。

只有到更阑夜静，这神像才得到安宁。它独自在墨黑死寂的神殿里，怀想当年在山岗上的日子，每天清晨，当早日初升的时候，鸟儿们在它的枝上欢乐地啼鸣，可惜那样的时光永远也不会再来！

变过老虎的牛

一头牛每天都要背犁耕地，而且只要牛轭套在颈上，不管它多么卖力都得挨鞭子。牛感到愤懑不平。

"万能的上帝！"牛发出了呼唤，"求求你改变我的命运吧！"

上帝立即出现了，问道："可怜的动物，你希望做怎样的改变呢？"

"让我变成谁也不敢欺侮的老虎吧！"

"成！"上帝把牛轭解了下来，拍了拍它的背，说，"走吧，你现在是老虎了！"

这只刚刚变化出来的老虎几个纵步就跃上了山岗，浑身都是劲，现在它谁都不怕。

经过半天的得意之后，它有了第一个欲求：需要吃点东西了。它本能地到山林中去追捕小兽。确实是所向无敌，那些兔子、野鹿什么的都闻风丧胆，纷纷逃窜。没有一只小野兽敢于抵抗。但真要抓到一只，原来也并不容易。它一出现，瞬息之间那些小东西就逃得无踪无影，为此它得每天在山林原野里奔波。

当它抓到小野兽要吃时，那些小东西会拼命地挣扎、哀鸣,这与当年吃草大不一样。它牛心未泯,当它撕开一只小兽,看到鲜血迸射,心脏还在跳动的时候,它非常的不忍,然而又不得不吃它们。因此它每天既要承受艰难追捕的辛苦,又还受到良心不安的煎熬。

谁都不敢靠近它,它独自在山林中,在山岗上,奔跑,停留,休憩,它感到十分的孤独。

终于有一天,它看到另一只老虎了,它走拢去想亲近一下。它绝对没有想到,一处山林是容不下两只老虎的。那只老虎一看到它,立即凶猛地扑了过来,不问皂白即咬住它的颈皮。它不得不仓皇应战,拼死搏斗,好不容易才逃了开来,颈子上还是被撕开了一个口子,鲜血直流。

"我的上帝!"它大声哀号,"把我还原成牛吧!"

上帝又应声而到,在它额上拍了一下,它又是一头牛了。

它重新回到了牛群,说道:"谢谢上帝!我总算懂了,宁可做一头辛劳朴实的牛,哪怕忍受欺凌,也不要去做那种残害生灵又互相残杀的野兽。"

两只猴子到寺庙进香

一只有经验的猴子和一只年轻的猴子走过一所有名的寺庙,看到许多人向里面进香。它们忽发奇想,穿了一身人的袍服,戴上大礼帽,混了进去。里面真是热闹,它们也学着人的样子,一处处烧香膜拜。

出来以后,年轻的猴子问道:"坐在大庙正中的那尊神,大概是他们的头,堂堂正正,看到就令人敬畏。可下面两旁那些神,一个个揎拳攘臂,面目狰狞,人们为什么也崇敬他们呢?"

"神都是人的化身,"有经验的猴子说,"坐在上面正中的是头儿,大概是善良的人,下面两旁的多半是凶恶的人。人类的习性是我们所不理解的,他们崇拜最善良的人,却同时又崇拜最凶恶的人。"

年轻的猴子听了非常惊讶,说道:"可里面善良的只有一个,而凶神恶煞却那么多啊!"

有经验的猴子告诉它:"你要知道,人世间哪个善良的头儿不是被许多凶徒包围着呢!"

"说实在的,"年轻的猴子说,"我进去的时候十分害怕,生怕被人们发现。"

"那倒不必,"有经验的猴子说,"你看那么多衣冠楚楚的朝拜者,究竟有几个真正的人,是谁也弄不清楚的。"

斑　驴

西非嘎拉地区没有斑马,当地的马戏团为了吸引观众,选了一头驴子,用白色和黑色油漆在它身上画上斑马的条状花纹,粗粗一看,活像一匹斑马。当这头化装的动物出现在马戏场的时候,小孩子们高兴地喊道:"哟,多好看的斑马!"这驴子很得意,大声嘶叫起来。观众们感到奇怪,斑马怎么同驴子一样叫啊?

"宝贝!"驯养员警告那头冒牌的动物说,"你可千万不能叫呀,一叫就露馅了。你不要以为自己真成了斑马,充其量只能叫作'斑驴',自鸣得意对你是不利的啊!"

这斑驴忍受不了马戏团的管束,它找个机会,偷偷地跑出来了。它跑了很远很远,意外地遇上了一群真正的斑马。它高兴极了,飞快地跑了过去,并且情不自禁"嗯啊嗯啊"地放声大叫。斑马们一听都生气了:"什么混账的畜生,竟敢装扮成我们的样子!"它们把斑驴围在中间,倒转身来一阵乱踢,斑驴好不容易才冲了出来。

它带着满身的伤痛逃到了野外,独自可怜地哀号。驴子们听到了,觉得是它们的同类,便跑了过来。当它们发现这头满身斑纹的动物,也都生气了:"什么混账的畜生，竟敢剽窃我们的声音！"驴子们一齐围上来咬它。斑驴又只好拼命地逃跑。

它是多么的沮丧，如今它连叫一声都不敢，便盲目地向深山里走去。深山里有的是豺狼虎豹，它不会有什么美好的下场。

——可怜的动物！你是头驴子就老老实实地做驴子，千万不要听任人们把你扮成斑驴，那是危险的。做不成斑马，连驴子也不像了。

保护濒危动物

全世界著名的动物保护主义者、抢救濒危动物专家,在非洲罗达利亚召开会议,研究对濒危动物的保护。会议还特别邀请了大象、白犀牛、中国东北虎、长臂猿、金丝猴、黑天鹅、金碧鹦鹉等这些突出的濒危动物参加会议。

会议开了整整一百天,来自五大洲的学者提供了数不胜数的论著,发表了许多无比高明的见解,最后一致通过了《罗达利亚宣言》,呼吁世界各国政府重视对濒危动物的保护。

最后会议主席请濒危动物们发言。动物们推选金碧鹦鹉作为代表。金碧鹦鹉对这些专家们说:"你们的理论都很高明,论述都很精辟,叫我们还讲什么呢?"

会议主席说:"还是讲讲你们的意见吧。我们可都是为了你们的生存啊。照你们的意见,人类需要为你们做哪些努力呢?"

"你是说你们人类吗?"这位濒危动物的代表说,"我们的意见非常简单。只要你们不害我们,我们的生存就不用你们操心。"

复活节岛

　　南太平洋的深处有一个小岛,上苍对这个小岛的关顾较之其他陆地更为优渥。这里气候温和,土地肥沃,海洋升腾的云雾给她提供了充沛的雨水。岛上如此生长着茂密的森林,那些高大树木的枝干上缠满了各种藤蔓植物,地面上丛生着葱茏的灌木和各种野草,一年四季开放出美丽的鲜花。这是一个鸟的天堂,成百种鸟儿在这儿和谐共处,海上的鸥鸟也都来岛上栖息。亿万年来这个小岛便安逸地躺在大洋的怀抱里。

　　终于有一天来了灾星,遥远的波利尼西亚人乘着许多木筏漂到了岛上,木筏上还载着各种农具、生活用品和农作物种子。这里离最近的大陆也有 2000 公里,波利尼西亚人本来是从他们的老家出发,准备去开发附近的岛屿的。在航行途中他们遇上了罕见的风暴,使他们失去了控制,听天由命地漂流到这个岛上来了。他们回不去了,就在岛上安顿下来,开荒生产。岛上优越的自然条件,使他们很快适应了环境并在这儿发展。在他们的行装中还夹带着永远伴随人类的老鼠,这些机敏的生物立即在岛上和人类同步地繁殖起来。

经过几百年的生息繁衍，岛上的居民发展到了好几万，出现了许多错综对立、互相争斗的部落。部落自然都有统治者，统治者互相争斗，并且无限制地掠夺居民生产的财富。部落间还蔓延着一种极为荒诞的风气，统治者们希图使自己的形象永垂不朽，驱使人们开凿岛上的岩石，雕琢成巨大的石像。他们要人们用藤蔓植物和树皮纠成强韧的绳索，牵挽那些庞然大物。人们将高大的树木砍倒，用圆形的树干铺在路上，牵挽着的石像在圆木上滚动着前进，拖到各自统治的地方竖立起来。一代一代的统治者连续不断，这些石像也一代一代不断地竖立。他们互相攀比，看谁家的石像更高更大，竖得更多。

巨大的石雕像成百地竖立起来，茂密的森林被彻底砍伐。植被遭到严重破坏，大水冲走了肥沃的土壤，使这个美丽富饶的海岛变成了不毛之地。人们无法种植作物，饥荒也就无所底止。人们吃尽了岛上一切可吃的动物和植物，进而发展到吃自己的同类。先是相互劫掠对立部落的成员，最后内部也自相残杀。只有一种东西没有受到死亡的威胁，反而疯狂地繁殖起来，那就是老鼠。贪婪的老鼠们掏尽了所有的鸟蛋，使鸟儿们陷入绝境；又啃光了树木的种子和幼苗，树木也因而绝了种。

人们面对茫茫的大海，他们没有能力向远方航行，或许航行了也以被海涛吞没告终，他们只能困守在岛上等待着死亡的来临。人口逐日减少，挣扎若干年之后，终于彻底灭绝。

1772年，荷兰探险家罗赫芬来到了这个岛上，看到整个海岛一片荒凉。但他惊讶地发现，岛上竟然竖立着400多个巨大的石像。经过千百年风雨的冲刷，那些雕像全都面目模糊，茫然地面对着无边的大海。罗赫芬到达的这一天正好是复活节，他就给这个岛命名为"复活节岛"。经过几代考古学家200多年的探求研究，才大致摸清复活节岛从繁荣到毁灭的历史概貌。

复活节岛上巨大的石雕群像，耗尽了岛上当年成千上万劳动人民的血汗，那些为了使自己永垂不朽而竖立这些雕像的统治者，不仅全都"朽"了而且消失得无影无踪。这些雕像唯一的作用，是为我们的地球竖立了警示牌——现代世界上的统治者为自己竖立的塑像比复活节岛上的石雕多得不可比拟，如果他们也只一味地追求权力并妄图使自己的形象永垂不朽，那么复活节岛上的石雕就昭示了我们生存的这个天体未来的命运！

从狼到狗

在遥远的古代,狼是山林中的好汉,简直所向无敌。单个的狼对付不了狮子老虎那样躯体巨大的动物,但狼有极好的团队精神,十头二十头一群蜂拥而上,任何凶猛的野兽碰上它们都只能落荒而逃。

狼长期在山野里称雄,享受着自由的生活。

后来有些狼偷懒了,它们到人住的村庄附近的垃圾堆里去寻找残剩的食物,那些东西虽然很不新鲜,甚至已经腐败,但得到毫不费力,吃饱了还可以在那里美美地睡一觉,因为垃圾发酵了,上面很温暖。只要狼在哪儿,其他小野物就不敢来。人发现了这些狼的特性,就用吃剩的食物逗引它们,慢慢地把它们引进院子,用它们来对付狐狸、黄鼠狼之类的小偷。久而久之,它们就不想走了。——就这样,这种狼就由野兽蜕变成为畜牲,人们给了它们一个名字,叫作狗。

从此它们过着依附的生活,它们不再需要自由,也失掉了原来的团队精神。现在只要有两头狗在一起,哪怕只为了一根骨头也可以咬得毛残皮裂。

乌鸦斗士

一位驯鸦专家从乌鸦巢里抓回雏鸟，训练它们斗争。别人训练斗鸡，他训练斗乌鸦，自然更为别致。

经过长时间训练以后，即进行斗乌鸦表演。两只乌鸦对阵，哪一只乌鸦啄掉对方一片羽毛，就赏它一粒豆子。双方总互有胜负，双方的毛羽也就不断地被啄掉。为了多得那一粒豆子，于此越斗越凶猛，表演发展成为仇杀。一场争斗下来，两只乌鸦都毛羽披靡，血流不止。几场表演以后，两只乌鸦的羽毛全部掉光，遍体创伤，连眼睛都被啄掉，自然都不会活了。

但不要紧，接班的乌鸦斗士多得是，一代接着一代！

图书在版编目（CIP）数据

黄瑞云寓言：插图版 / 黄瑞云著；萧继石绘. —
宁波：宁波出版社，2021.8
ISBN 978-7-5526-4324-4

Ⅰ.①黄… Ⅱ.①黄…②萧… Ⅲ.①寓言-作品集
-中国-当代 Ⅳ.① I277.4

中国版本图书馆 CIP 数据核字（2021）第 120951 号

黄瑞云寓言（插图版）

黄瑞云 著 萧继石 绘

责任编辑	高一君 江一常
责任校对	俞 琦
装帧设计	金字斋
出版发行	宁波出版社
	（宁波市甬江大道1号宁波书城8号楼6楼 315040）
印 刷	宁波白云印刷有限公司
开 本	889毫米×1194毫米 1/32
印 张	5.5
字 数	92千字
版 次	2021年8月第1版
印 次	2021年8月第1次印刷
标准书号	ISBN 978-7-5526-4324-4
定 价	45.00元

本书若有倒装缺页影响阅读，请与印刷厂联系调换，电话：0574-83875165